L'homme qui danse

DU MÊME AUTEUR

La Chaleur, Flammarion, 2019 (prix de la Vocation, prix Femina des lycéens, prix Ouest, prix littéraire des lycéens des Pays de la Loire) ; J'ai lu, 2020.

Victor Jestin

L'homme qui danse

roman

Flammarion

ISBN : 978-2-0802-3920-4

« J'aimerais aimer aimer. »

FERNANDO PESSOA,
Fragments d'un voyage immobile

Au petit matin les boîtes de nuit trahissent. Elles révèlent d'un coup la laideur et la saleté. Les lumières s'allument, la musique s'éteint ; l'air sent la sueur et l'usine, le sol colle, le palmier est en plastique. Il y a des murs et un plafond, la pièce a des dimensions. Pire, tout le monde s'en va. Restent les plus saouls, les plus désespérés, comme des enfants qui refusent d'aller au lit. Le videur les chasse. La fête est finie. Il n'y a plus que le bâtiment vide, et moi, oublié sur la banquette du fond.

Les yeux me piquent d'avoir pleuré, mon crâne est chaud, mon corps allongé sur le côté, la tête contre le cuir. Je ne sais pas à quelle heure je me suis endormi. Ce devait être triste et drôle. J'aurai bientôt quarante ans, c'est vieux pour ici, c'est presque mort. Je suis périmé. Il est temps de partir. Mais je ne sais pas où aller.

J'entends le barman qui lave ses verres. Il ne me voit pas. Tout va bien. Je peux gagner du temps. Je peux même, en regardant la piste et en plissant les yeux, imaginer des gens dessus, la foule qui danse, la nuit qui continue, encore un peu.

Guy

1990

La première fois que je suis venu ici, j'avais dix ans.

Je me souviens, j'étais assis sur mon banc dans la cour de récré, les pieds dans le vide, seul comme un nouveau, mais je n'étais pas nouveau, c'était la même école et les mêmes gens depuis le CP. Ils jouaient au foot à un mètre de moi. Pour qu'ils me prennent dans une équipe, n'importe laquelle, je les regardais en souriant.

C'est alors qu'Anthony est venu me parler.

— Dimanche je fais mon goûter d'anniversaire dans un endroit spécial. Il faut qu'on soit autant de garçons que de filles et il y en a un qui peut pas venir, est-ce que tu veux le remplacer ?

Sa proposition m'a touché.

— D'accord.

Il m'a donné une enveloppe bleue puis il est reparti jouer.

Mes parents n'étaient pas habitués à m'emmener à des goûters d'anniversaire. Il y en avait eu déjà quelques-uns, mais toujours des invitations d'amis de la famille ou de voisins. Celle d'Anthony était plus authentique. Quand je leur ai montré l'enveloppe, ils m'ont félicité comme si c'était mon anniversaire à moi. Le dimanche à quinze heures, nous nous sommes donc rendus au point de rendez-vous. C'était un parking au centre duquel trônait un grand bâtiment jaune et rectangulaire qui ressemblait à un container. Les invités étaient rassemblés devant. L'oncle d'Anthony nous a accueillis. Il s'appelait Guy. Blond, musclé, bronzé, il avait l'air d'un maître nageur ou d'un animateur de camping. Il nous a expliqué fièrement que le bâtiment s'appelait La Plage et qu'il en était le propriétaire. Il s'agissait d'une « boîte de nuit ». Je ne savais pas ce que c'était. Mes parents en revanche ont paru troublés. Ils m'ont demandé si j'étais d'accord pour y aller, j'ai dit oui pour ne rien compliquer et ils m'ont laissé avec Guy, qui m'a fait rejoindre les autres. J'en connaissais la plupart, ils étaient dans ma classe. J'ai voulu leur dire bonjour mais Guy a tapé dans ses mains :

— Alors les terreurs, vous voulez voir comment c'est à l'intérieur ?

Tout le monde a crié « Oui ! ». Je l'ai dit aussi, à voix plus basse, et nous sommes entrés.

Nous avons cheminé en file dans un couloir sombre. Il y avait une odeur de peinture et de poussière, de travaux pas finis. Guy a ouvert une deuxième porte et nous avons débouché dans une grande pièce vide, une sorte de salle polyvalente éclairée par des néons. Des tables et des chaises étaient disposées le long des murs. L'espace semblait avoir été dégagé pour que quelque chose s'y passe.

— Vous voulez danser ?!

Tout le monde a encore crié « Oui ! ». J'ai voulu le faire aussi mais cette fois rien n'est sorti. À partir de là, les événements m'ont dépassé. Guy s'est installé à une table sur laquelle était posée une machine reliée à des fils électriques. Il a appuyé sur un bouton et les lumières se sont éteintes, remplacées par une boule à facettes multicolore suspendue au plafond. L'ambiance s'est tendue d'un coup. Nous sommes tous devenus plus beaux.

— Les garçons d'un côté, les filles de l'autre. Quand je mets la musique, les garçons, vous invitez une fille à danser !

Les deux groupes se sont alignés. Pris de court, j'ai suivi. En quelques secondes je me suis retrouvé face aux filles, séparé d'elles et du même coup sommé de les rejoindre.

Madonna – *Like a Prayer*

Personne n'a bougé.

— Allez, les garçons, un peu de courage !

Anthony a fini par se décider. Il a traversé la piste vers une fille. Les autres ont suivi, les duos se sont formés. La musique est montée d'un cran, et alors d'un même élan, comme si tous avaient répété, ils ont commencé à danser. Leurs bras et leurs jambes se sont mis à enchaîner des mouvements, débordant d'idées, tournoyant par paires sur le sol soudain mouvant lui aussi, parcouru de ronds de lumière. Je me suis retrouvé seul, à ce détail près qu'en face de moi se tenait une fille plus seule encore, la restante, Aurélie. Elle avait gardé son pull par-dessus sa robe. Dépassant à partir des genoux, ses jambes subitement fines la faisaient ressembler à un flamant rose. Elle me regardait d'un air apeuré ; craignait-elle que je l'invite, ou que je ne l'invite pas ?

— Manque plus que toi ! m'a crié Guy.

J'ai voulu me lancer mais je suis resté bloqué. L'espace était devenu vaseux. J'étais englué. J'ai réessayé à plusieurs reprises, de toutes mes forces, de toute ma bonne volonté, mais à chaque fois quelque chose en moi se ravisait, comme si j'hésitais au bord d'un plongeoir.

Guy a quitté sa table pour venir me voir. La musique a continué sans lui, les autres aussi. Tout avait l'air automatique.

— Alors, Arthur, tu ne veux pas danser ?

— C'est pas ça…

— Tu n'as pas envie de danser avec elle ?

— C'est pas ça…

— Tu as peur du regard des autres ?

— C'est pas ça…

— C'est quoi, alors ?

J'ai cherché les mots pour expliquer.

— Je suis bloqué.

— Mais non, tu n'es pas bloqué.

— Je vous jure que si.

— Donne-moi ta main.

Il a pris ma main et m'a emmené vers Aurélie. Je sentais mes pieds râper le sol comme une armoire tirée sur le parquet, et pourtant je marchais, un pas après l'autre.

— Tu vois, tu n'étais pas bloqué.

Il m'a lâché devant Aurélie.

— Maintenant, invite-la.

Elle regardait ses chaussures et je regardais les miennes.

— Invite-la, tu vois bien qu'elle est gênée.

Je le voyais et j'en étais désolé. Je n'avais rien contre elle. J'aurais fait sa connaissance avec plaisir dans d'autres circonstances. Simplement, je n'arrivais pas à danser. Mais il le fallait. Les autres me regardaient. La honte montait en moi. J'étais malpoli, je gâchais la fête. On ne me réinviterait pas.

Je suis parvenu à lever une main et à la maintenir quelques secondes à mi-hauteur, entre Aurélie et moi. Elle l'a saisie d'un coup. Je l'ai serrée. Nous étions accrochés.

— Et maintenant, fais-la danser.

Je ne savais pas comment faire. On ne m'avait jamais montré. Il me manquait une impulsion pour démarrer. Chaque idée de mouvement portait en elle toutes celles auxquelles il fallait renoncer. J'ai essayé plusieurs fois, comme une voiture qui cale. Mes efforts étaient invisibles. On pouvait croire que je faisais un caprice.

— Mais enfin, c'est pas si compliqué ! Il suffit de se lâcher ! Regarde !

Et Guy a commencé à danser, levant ses cuisses l'une après l'autre, claquant des doigts avec un grand sourire. Je l'ai trouvé moche. Il voulait que je danse, ça l'obsédait. Que se passerait-il si je continuais à désobéir ? Se mettrait-il à crier ? Moi, je pouvais pleurer. Je n'avais plus que ça pour me faire entendre, on me laisserait tranquille à cette seule condition. Mais ça ne venait pas. Ma colère prenait toute la place.

J'ai lâché la main d'Aurélie.

— Bon, a soupiré Guy, ça suffit. Ici c'est une boîte de nuit, c'est fait pour danser. Tu imagines si tout le monde faisait comme toi ? Danse avec moi, je vais te montrer.

Il m'a attrapé la main, sèchement. Soudain j'ai crié « Non ! », et avec mon autre main j'ai tapé sur la sienne. Le bruit a résonné. Je l'ai regardé en serrant les dents et vraiment cru qu'il allait hurler. Au lieu de ça, il m'a donné une claque, une grande claque qui a résonné en retour et mis ma joue en feu. Mes larmes sont sorties. Guy s'est pris la tête dans les mains en gémissant. Les autres se sont figés. Seules la musique et la lumière ont continué, comme pour insister encore : allez, Arthur, rien qu'un petit pas, le reste suivra…

Vincent

1998

Ça a recommencé huit ans plus tard.

— Les mecs, on va en boîte ?

Je fumais sur le canapé chez Vincent, avec deux autres garçons dont je ne me souviens pas, des figurants. Je me souviens de Vincent. Il était imposant, vêtu toujours de T-shirts blancs et de jeans sales, parfois sentant fort, mais son odeur même jouait pour lui, façonnait comme tous ses gestes une virilité mûre avant la nôtre, un corps d'homme. Il était droitier mais fumait de la main gauche. J'aimais cette manière qu'il avait de chercher son briquet dans sa poche, une cigarette à la bouche, de l'allumer tête inclinée, de ponctuer ses phrases par une longue latte qui nous laissait suspendus à ses lèvres, de jeter enfin son mégot pour signaler la fin de la conversation. Assis à côté de lui, une fesse dans le vide, je me concentrais pour ne pas crapoter, bien inhaler comme aux répétitions dans ma chambre. J'en espérais un peu de plaisir, rien qu'un peu pour qu'il se voie sur mon visage, mais c'était immonde, un goût de poussière et de mort qui me brûlait jusqu'aux larmes. Je disais que j'étais allergique au canapé. J'aurais tout fait pour rester là, dans le nuage commun, en sursis. En vérité, je n'étais qu'à moitié leur ami. J'étais une option, une pièce rapportée, greffée à la bande par la force du temps, à l'usure, le genre d'ami dont la présence et l'absence pèsent le même poids négligeable.

— On va en boîte, ou quoi ? a répété Vincent.

J'ai continué à faire comme si je n'entendais pas, en attendant que les autres refusent pour moi.

— Pourquoi est-ce qu'on irait en boîte ?

— J'en ai marre des soirées ici. Je préfère quand y a plein de gens.

— On va se faire recaler là-bas.

— Non, j'y suis déjà allé une fois avec des potes de mon frère, ils ont pas regardé ma carte d'identité.

— De toute façon, j'ai pas envie de danser.

— Moi non plus j'ai pas envie de danser. On s'en fout de danser. On danse pas pour danser, on danse pour choper.

Choper, le mot me donnait la nausée. Dans leur langage, ça voulait dire embrasser. Depuis quelque temps ce sujet les accaparait. C'était monté doucement, dès le début du lycée : leur corps s'était épaissi, leur voix avait mué ; leurs regards, peu à peu, s'étaient fixés sur les filles, descendant d'un même mouvement sur leurs seins, leurs jambes, leurs fesses devenues des culs, comme ils disaient, et je le répétais en rougissant. Je n'étais pas prêt pour ça. J'avais encore ma gueule d'enfant.

— Allez, a insisté Vincent, je sens que là-bas Arthur pourrait y arriver.

Ils ont rigolé, moi aussi, le visage crispé. Vincent voulait toujours que je chope. À chaque soirée il me cherchait un coup. C'était pour lui une véritable activité, bénévole, caritative, humanitaire. Mon cas le préoccupait. Je n'avais jamais embrassé. Même pas un petit smack ni un bisou caché dans la cour de récré. Pendant que les autres pensaient déjà à coucher, je piétinais à ce stade, comme bloqué sur la première case d'un jeu de société. Il faudrait bien que j'avance un jour, au moins pour qu'ils arrêtent de rire.

— Je suis partant, ai-je dit soudain, piqué de courage.

Avant de se mettre en route, les deux autres ont dû utiliser le téléphone pour demander la permission. Ils nous enviaient, Vincent et moi, d'être plus libres qu'eux. Nos parents ne nous empêchaient jamais de sortir, pour des raisons différentes : les siens parce qu'ils étaient souvent absents, les miens parce que tout signe de socialisation était une bonne nouvelle, une petite victoire sur ma solitude.

Il n'y avait pas grand-chose à cette heure-là dans le centre-ville : quelques bars ouverts après minuit, notre épicerie préférée, un kebab où échouer en fin de soirée, le bus de nuit dans les rues vides ; et, de l'autre côté de la Loire, avant la zone industrielle, La Plage, seule boîte de la ville, rectangle jaune brillant sur les quais. Je ne passais jamais par là-bas. En approchant, quelque chose m'a soulevé l'estomac, et ce n'étaient pas seulement les basses qui sourdaient des murs ; je reconnaissais l'endroit et retrouvais avec lui une vieille angoisse, comme au souvenir d'un coin de rue, d'une géométrie particulière où la douleur a laissé sa trace.

Nous avons franchi le pont et traversé le parking jusqu'à l'entrée. « La Plage » était inscrit sur la façade en grandes lettres néon. Plusieurs personnes attendaient dans la file. Nous nous sommes glissés dedans. J'ai fait semblant d'être à l'aise, les autres aussi peut-être, mais alors ils le faisaient mieux que moi. Tout le monde avait l'air majeur, entre vingt et trente ans. Quand nous sommes arrivés à son niveau, le videur m'a regardé. J'ai craint qu'il nous recale à cause de moi, pas assez désirable, pas assez désirant, va savoir. Je me suis tenu droit. J'aurais pu faire une chose suspecte, cracher par terre, par exemple, afin que son refus se focalise là-dessus et non sur ma personne.

— Allez-y.

Nous sommes passés. Vincent et les autres ont jubilé comme s'ils venaient de braquer une banque. Dans le sas, la musique s'est intensifiée, le bâtiment m'a paru plonger lentement sous terre. Sas de piscine, vestiaires, queues d'attractions, sas en tous genres, antichambres d'angoisse : mon cœur, systématiquement, s'y mettait à battre, et je gardais les bras croisés bien haut pour en comprimer les coups avec mes poings. Nous avons laissé nos manteaux à l'endroit prévu. On nous a donné un jeton à chacun. Le couloir se rétrécissant, il m'a semblé soudain que je me rendais à l'usine, non pas à la fête mais à l'usine, au travail, au charbon.

Daft Punk – *Around the World*

À l'intérieur il y avait un bar, un faux palmier, un mur-miroir, des banquettes en cuir violet dans les coins et, au centre, une piste rectangulaire où des centaines de personnes dansaient dans une confusion de musique, de couleurs et de fumée. Voilà ce que j'ai vu. C'était uniforme et permanent. L'impression de prendre un mouvement en cours a été brève ; dès les premiers pas, nous nous sommes retrouvés incorporés pleinement à l'ambiance, enrôlés par les lumières. Nos T-shirts, nos chaussures et nos dents se sont mis à briller comme au bowling. J'ai senti parmi les autres se répandre un vent d'excitation. Ils ont dit des choses que je n'ai pas entendues, la musique était trop forte. Nous avons contourné la piste jusqu'au bar. Vincent, je le voyais à sa démarche, prenait du plaisir à ne pas danser, à retarder ce moment comme le font les gens sûrs d'eux. J'ai essayé de l'imiter. Tant que je ne dansais pas, rien ne prouvait que je n'étais pas un grand danseur, un séducteur qui cachait drôlement bien son jeu derrière ses airs perdus.

— Quatre gin to' ! a crié Vincent au barman sans nous demander notre avis, posant cent francs sur le comptoir.

Je n'aurais jamais osé commander pour tout le monde. C'était comme impulser le départ du self en se levant le premier, seuls les meneurs savaient le faire. J'ignorais ce qu'était un gin to' et j'aurais préféré un Coca, tout au plus une Manzana, mais je n'ai rien dit. Je les ai suivis ensuite jusqu'aux banquettes en tenant mon verre bien haut, concentré, mon excuse pour ne pas danser. De l'alcool a coulé dans la manche de ma chemise. Nous nous sommes assis en ligne au bord de la piste. Jamais je n'avais vu autant de personnes remuer dans une même pièce. Pour éviter de les regarder, j'ai levé les yeux. Fixés au plafond, des dizaines de spots fous tournoyaient à une cadence infernale, chacun avec sa couleur et son trajet, sa petite partition dans le chaos. Ils paraissaient épuisés, faisaient même un peu de peine. J'ai baissé les yeux, me suis focalisé sur la musique. L'envie m'a chatouillé de taper du pied comme à un concert, un concert tranquille où chacun reste assis, cela m'aurait plu. À côté de moi, les trois discutaient en se criant dans les oreilles. J'ai cru entendre Vincent raconter une fête à laquelle il était allé le week-end dernier. C'était son sujet de discussion préféré. Plus que de sortir, il aimait raconter. Son plaisir en soirée tenait au souvenir qu'il en fabriquerait. Il en rajoutait toujours. Les autres l'écoutaient en riant, riaient même avant la chute de ses histoires, tant ils avaient envie de rire, déjà séduits et convaincus. J'ai tendu le cou pour participer, m'insérer dans le triangle formé par leurs corps, mais je n'ai pas réussi, repoussé par leurs épaules sans qu'ils s'en rendent compte. J'ai lancé un rire au hasard mais ma voix a déraillé dans les aigus et ils ne m'ont pas entendu. Résigné, j'ai regardé le sol en buvant mon gin to'. C'était du gin avec du Schweppes Tonic. Très amer. Ça ballonnait. Qu'est-ce que je fous là, ai-je pensé un bref instant.

Vincent s'est levé. Il a fait quelques pas et s'est mis à danser, se déhanchant, les lèvres serrées, les bras balancés lentement le long du corps comme s'il faisait un jogging au ralenti. Il a glissé vers le centre de la piste et s'est fondu dans la foule.

— Putain, il sait danser !

— Il est bon, l'enfoiré !

Ils l'ont suivi comme des mouches.

— Je finis mon verre et je vous rejoins ! ai-je crié.

La banquette sans accoudoirs m'a paru d'un coup trop grande. J'ai aspiré le fond de mon verre et la paille a fait des bulles dégoûtantes. Je me suis allumé une cigarette. Encore quelques minutes et je me lance, ai-je décidé. La piste s'étalait comme une mer à mes pieds. Là se trouvaient donc les filles à aborder. C'était un bal. Ça ne valsait pas mais en fait c'était tout comme un bal, archaïque et cruel. Chacun se cherchait un partenaire. Si jamais cette foule formait un nombre impair, l'un de nous se retrouverait seul au bout du compte, et cela risquait bien d'être moi, comme aux chaises musicales de mon enfance. Les gens se pressaient. Ils se ressemblaient. Tous se confondaient dans cette lumière, jetée sur eux pour lisser leurs visages, gommer leurs boutons, effacer leurs formes et leur en inventer d'autres. C'était une ambiance excitante, dangereuse aussi, car tous ici, devenus plus beaux, devaient redoubler d'attente, saturer la boîte de désir, plus qu'elle n'en pouvait contenir. Il existait certainement quelque part un interrupteur pour rallumer les néons du plafond, faire que tout le monde sursaute, se réveille soudain dans les bras d'inconnus rouges et suants.

Je devais me bouger. Il me semblait sinon pouvoir rester assis des heures et des jours sans que personne vienne me chercher. Je devais essayer, tenter le diable. Je me suis levé. La frontière avec la piste n'était pas nette, il n'y avait pas de rainure lumineuse ni de changement de couleur au sol. Le seul repère était la lisière de la foule elle-même ; la zone de danse débutait à l'endroit du corps le plus excentré. Entre lui et moi demeuraient un ou deux mètres de vide, de no man's land. Je les ai franchis, un pas après l'autre, prudent comme sur une patinoire. J'y étais. Toutes les parties de mon corps, même les plus anodines, doigts, pieds, oreilles, je me sentais soudain forcé de leur trouver contenance, de justifier leur présence ici. Comment danser, comment enclencher le mouvement ? Je n'arrivais pas à me lancer. Les secondes passant, j'ai vu des regards se poser sur moi et la panique est montée. La seule alternative pour ne pas m'humilier était d'avancer ostensiblement vers une destination, n'importe laquelle, comme dans la cour du lycée. Je me suis mis à marcher d'un air déterminé, visant le bar. Tant que j'ai pu, j'ai longé les banquettes, mais il a bien fallu à un moment, pour ne pas me cogner au mur, bifurquer et couper par la piste. J'ai sinué entre les corps. Leurs odeurs se confondaient en une même sueur globale, officielle. Je me suis rendu compte du silence général : les corps dansaient, se touchaient mais ne faisaient aucun bruit. Personne ne parlait dans cette boîte. Les bouches restaient fermées, salivantes, ne s'ouvrant que pour boire ou embrasser. Tout cela se déroulait par-dessous la musique. Un deuxième interrupteur, ai-je pensé, devait exister pour couper le son, renvoyer chacun à son propre silence, aux froissements de son jean et à sa respiration dans le noir.

J'ai atteint le bar, voulu m'appuyer sur le comptoir, mais il collait. Le barman s'est penché vers moi :

— Qu'est-ce que tu veux ?!

— Un verre d'eau s'il vous plaît !

L'alcool commençait à monter, je n'aimais pas cette sensation. Je ne parvenais jamais à boire sereinement, à accepter l'ivresse, renoncer au peu de contrôle que j'avais sur les situations. J'ai bu mon eau glacée sur un tabouret haut, dos à la foule. Je n'avais aucune idée d'où en étaient les autres. Chacun devait faire son chemin de son côté. Un homme somnolait près de moi, les coudes sur le comptoir et la tête dans les mains. Il avait l'air vieux, pas loin de l'âge de mon père. On aurait dit qu'il s'était trompé d'endroit. Il m'a fait un peu de peine. Personne ne le considérait, nous étions tous les deux en périphérie, hors jeu. La danse pulsait depuis le centre de la piste et repoussait ses déchets en cercles concentriques jusque dans les coins, bar, banquettes, au-dehors enfin. La boîte, je le voyais bien d'ici, n'était pas ce grand espace ouvert et partagé qu'elle paraissait être. C'était un agrégat de zones hiérarchisées, aux frontières lissées par le noir, la musique et la continuité du sol. Des privilégiés, tel Vincent, ne le sentaient pas et circulaient librement d'une zone à l'autre, mais certains butaient à ces mêmes passages comme s'ils manquaient une marche, n'osaient pas bouger, pas danser, s'écrasaient à leur place attribuée. Ce n'était pas injuste, c'était un visage de l'injustice. L'injustice était plus large, elle était dans les rues, dans les couloirs du lycée, dans la ville et partout ailleurs. En quoi La Plage y aurait-elle échappé ?

L'envie m'est venue de pisser. Une chose à faire enfin, claire et précise. J'ai longé le mur en cherchant l'endroit, trouvé un petit escalier avec une pancarte. En bas, une porte battante et violente isolait de la musique. Les basses passaient encore. La lumière blanche trahissait la laideur des lieux, le sol crasseux, les corps lents et lourds, précipités pour retourner plus vite danser. J'ai vu une fille saoule entrer dans une cabine et s'asseoir sur la lunette sans la tapisser de papier-toilette, poser ses fesses sur la saleté comme si plus rien ne la dégoûtait, emportée dans l'élan, le désir obstiné de se mélanger aux autres. J'ai pris tout mon temps, bien planqué dans un coin.

— Alors monsieur, ça pisse ?

Vincent, suant et joyeux, s'était encastré dans l'urinoir voisin.

— Tu te marres bien ?

— Ça va.

— T'as chopé ?

— Non… Pas encore… Je regarde.

— Regarde plutôt ça.

Se tournant vers moi, il a secoué son sexe en poussant un râle monstrueux. J'ai ri. Il en était fier. C'était un sexe long et gros. Depuis des années, il le secouait régulièrement sous mon nez. Je l'avais vu pour la première fois à douze ans. Nous étions chez lui devant la télé et il m'avait proposé : « Tu veux qu'on se branle ? » J'avais dit : « Oui, pourquoi pas. » Il avait posé un coussin en équilibre entre nous, pour le principe, m'avait-il semblé, puisqu'un simple haussement du cou suffisait à tout voir. Un instant je l'avais vu, veineux et poilu. Vincent avait sorti des mouchoirs, j'avais demandé pourquoi. « Pour le sperme. » J'avais rougi : je n'en avais pas. Chaque soir je me masturbais en priant pour que ça sorte, mais non, mes orgasmes faisaient sans, pas blancs, pas prouvables. Vincent avait joui dans un cri. Il m'avait montré son mouchoir souillé, comme la tête d'un adversaire décapité. Quand il s'était levé pour aller le jeter à la poubelle, j'en avais profité pour cracher dans le mien, puis je le lui avais tendu. « C'est du sperme, ça ? » avait-il demandé. J'avais juré que oui, il avait ri. Depuis ce jour-là je continuais à voir son sexe, et parfois à lui montrer le mien, car il fallait avec Vincent savoir exhiber son désir, le présenter à chaque contrôle comme des papiers d'identité. Il fallait bander. Il fallait prendre de la place, parler fort dans les rues, regarder les culs, dire cul, se faire mousser. Il s'est rebraguetté.

— J'y retourne. Je suis sur un coup

Il est reparti sans se laver les mains. Face au miroir, je me suis observé. Je n'étais ni moche ni beau. Mes traits étaient trop anguleux, mon corps trop long, trop fin, ma tête penchée en avant comme pour qu'on la tranche. Ma chemise ressemblait à une voile de navire. Mon pantalon flottait ; au niveau des cuisses, on sentait le vide entre le tissu et mes jambes maigres. Mes chaussures étaient correctes. Voilà. J'étais moyen. Je comprenais absolument qu'on ne ressente pas un grand attrait pour moi. Cependant il fallait essayer. Encore une fois. Allez. Je serais content de l'avoir fait.

Je suis retourné dans le tas, comme à la guerre. Rien n'avait changé par là, même la musique semblait piétiner, et pourtant une masse de travail avait été abattue dans l'ombre, des minutes entières de drague et d'approche, progrès à peine visibles, sinon à se pencher sur les corps et à chercher les couples nouveaux, les couples imminents, les absents et puis tous les autres restés seuls. Je me suis glissé parmi eux sans réfléchir. Tapant du pied, je suis parvenu à me tenir en équilibre en bord de piste, comme accroché à une rambarde. Cette fois je me suis forcé à regarder les filles, à ne pas baisser les yeux. Elles avaient toutes l'air plus âgées et plus matures. Elles ne me considéraient pas, tel un enfant dans leurs pattes. J'ai repéré tout de même un petit groupe qui devait avoir pas loin de mon âge, peut-être dix-huit ans. Il s'agissait de croiser un regard, n'importe lequel, puis de s'approcher, se toucher, s'embrasser. Ce ne devait pas être si compliqué. Avais-je mauvaise haleine ? C'était probable. Je me taisais depuis longtemps, le gin et la salive macéraient dans ma bouche. J'ai tiré un chewing-gum de ma poche et l'ai jeté sous ma langue en faisant mine de bâiller. J'ai vraiment bâillé. J'étais fatigué. Je n'avais pas envie. Pas l'énergie de forcer la nuit pour arracher un baiser à montrer aux copains. Il me fallait plus de calme et de temps. J'aurais aimé savoir qui avait décrété un jour que le désir s'exprimerait seulement le soir venu, dans l'alcool et l'agitation. Je préférais le creux d'un après-midi. Tant pis. Je suis retourné m'asseoir sur la banquette.

Quelques instants plus tard, un visage familier m'est apparu dans la foule. Amandine, une fille de ma classe, dansait d'un air effacé, comme pour s'excuser d'être là, visiblement seule. Je l'ai observée. Je l'avais toujours bien aimée. En cours, j'essayais souvent de me retrouver assis à côté d'elle. Sa présence me serrait le cœur et donnait une sorte de valeur à mes journées. Un peu de courage m'est revenu. C'était le moment de tenter ma chance.

— Putain, ça fait du bien de se poser !

Vincent s'était affalé à côté de moi. Il était saoul. Bras étendus sur le dossier, jambes écartées, il m'a agacé.

— J'ai chopé ! m'a-t-il hurlé dans l'oreille. Mais elle voulait pas aller plus loin ! Faut que j'en trouve une autre qui veut bien baiser ! Une plus désespérée ! C'est ça, le secret ! Il faut en viser une qui a un défaut évident, par exemple un long nez ou des oreilles décollées ! Un défaut qui la fait complexer ! Si t'es prêt à l'accepter, t'as le champ libre ! Tu t'engouffres dans la brèche ! Tiens, regarde, y a la grosse Amandine qui est là ! Ça se tente !

Il s'est levé d'un bond, s'est dirigé vers elle et lui a tendu la main. Surprise, elle l'a saisie comme une bouée. Mon amertume a vite fait place à une résignation lucide : que j'échoue avant même d'avoir essayé, c'était dans l'ordre des choses, je ne pouvais pas me permettre d'être jaloux. Assis à trois ou quatre mètres d'eux seulement, je les ai regardés danser. Vincent bougeait bien. Il parvenait à caser des passes de rock sur l'électro, certain de sa légitimité, de sa générosité même envers Amandine, qui se laissait guider, les yeux rivés sur lui, le visage figé par la fascination et la conscience de sa chance. Le morceau s'est achevé, suivi par un tempo plus lent, presque un slow. Je ne pensais pas que cette danse existait encore. Une douceur générale a ralenti la boîte, j'ai trouvé ça beau. D'un sourire grave, craquelé de mensonge, Vincent s'est penché pour embrasser Amandine. Ils sont restés longtemps enlacés, ses mains à elle sur sa taille, ses mains à lui glissant de son dos à ses fesses et les tirant à lui, une condition posée pour que l'étreinte perdure. À un moment, il s'est tourné vers moi pour me faire un clin d'œil et je lui ai répondu d'un sourire complice, joyeux, humiliant. J'ai eu alors envie de partir. C'était mon droit. Je pouvais même le faire sans dire au revoir, comme un voleur. Mais Vincent me l'aurait reproché. J'ai fait l'effort de m'approcher de lui, raide au milieu de la foule.

— Juste pour te dire que je vais y aller, désolé, je suis fatigué !

Il s'est contenté de lever le pouce, occupé avec Amandine. Elle, je n'ai pas osé la regarder. Je suis parti, traversant une dernière fois la piste, qui n'avait plus rien d'effrayant maintenant que je la quittais. Je m'y suis même attardé avec une sorte de plaisir, comme je le faisais enfant dans la cour de récré quand la sonnerie retentissait. Avant de passer la première porte, j'ai jeté un regard par-dessus mon épaule. La fête se poursuivait, indifférente à mon départ. J'aurais aimé que l'on me retienne, ou que tout le monde aille se coucher en même temps que moi. J'ai franchi le sas et récupéré mon manteau au vestiaire, laissant ceux des autres pendre à côté du vide.

Sortir à l'air libre m'a fait le même effet que de remettre les chaussures après la patinoire : le sol d'abord trop présent, les jambes lourdes, le temps ralenti, puis peu à peu le plaisir de marcher simplement, sans attaches. Le videur m'a proposé de me coller un tampon sur l'avant-bras au cas où je repasserais dans la nuit. J'ai refusé, je n'y comptais pas. En m'éloignant, j'ai ressenti tout de même un peu de tristesse à l'idée qu'une fois de plus je renonçais et repoussais le grand soir.

Sur le quai, des prostituées se tenaient adossées au mur, toutes semblables dans leurs doudounes serrées et leurs longs collants noirs. Elles m'ont sifflé au passage. Par-dessous la gêne, j'ai apprécié d'être ainsi considéré comme un client potentiel. La perspective m'a même tenté. Après tout, il suffisait de me lancer pour devancer d'un coup les autres, me dépuceler dans leur dos. Je ne connaissais pas le prix ni le procédé. Tout en réfléchissant, je me suis senti dévier sur le quai, décidé puis résigné trois pas plus tard, slalomant d'un air saoul. Non, je ne pouvais pas faire ça. C'était de la triche. Vincent ne me l'aurait même pas comptabilisé. Je leur ai jeté un regard désolé, presque fautif, comme lorsqu'on me demandait une cigarette et que je n'en avais pas. Mains dans les poches et tête baissée, je suis rentré chez moi.

J'habitais à vingt minutes du centre-ville, dans le grand quartier de lotissements pavillonnaires, avec mes parents et mon frère Sylvain, de deux ans mon cadet. En arrivant, j'ai été surpris de trouver le salon allumé. J'ai regardé l'horloge : à peine une heure du matin. Le temps là-bas m'avait paru beaucoup plus long.

Assis sur le canapé, mon père regardait un film d'action à la télé, tranquille, les jambes allongées sur la table basse, les mains posées sur son ventre, loin de toute agitation, dans un monde sans boîte de nuit. En m'entendant, il s'est retourné en souriant. À chaque fois je croyais lire dans ce sourire le bref espoir de me voir rentrer accompagné, toujours déçu et ravalé avec pudeur.

— Coucou, c'était une bonne soirée ?

— Ça va.

— C'était où ?

— À La Plage, la boîte de nuit sur les quais.

— En boîte, carrément ! Je ne pensais pas que ça te plaisait, ce genre d'endroit. Et tu as dansé ?

— Un peu.

— Sympa. Mais il est tôt, tu pouvais rester plus longtemps.

— Bof. Je suis fatigué.

Je suis monté dans la salle de bains. Mes vêtements sentaient un mélange de tabac, de transpiration et d'alcool. Je les ai mis dans la machine. Pendant que je me brossais les dents, j'ai entendu ma mère dans le couloir. Elle se levait souvent quand je rentrais de soirée, au prétexte de se rendre aux toilettes, pour vérifier si j'allais bien, s'il ne m'était rien arrivé. J'ai ouvert la porte pour la rassurer. Elle était en pyjama, l'air endormie, bien loin de La Plage elle aussi.

— C'était bien ?

— Oui.

Je l'ai embrassée puis je suis parti me coucher. Ma chambre était calme et fraîche. Elle semblait m'avoir attendu. Mes rapports avec elle étaient ambivalents : je l'aimais comme un abri ; je la détestais aussi, tant elle contenait ma solitude.

Malgré la fatigue, j'ai peiné à m'endormir. Mon cœur battait fort, la boîte me suivait jusque dans mon lit, je la revoyais, flashs de lumière, foule sur la piste. Sans raison, je me suis mis à bander. Ça m'a surpris. Ça venait à contretemps. Ça se réveillait maintenant, comme un vieux type endormi qui se redresse en fin de soirée quand tout le monde est parti. Je n'en avais aucune envie. Ce n'était même pas agréable. Ça ressemblait à une érection matinale, une dureté froide, étrangère. Pour la chasser et m'endormir, j'ai commencé à me masturber. J'ai essayé de faire le vide en pensée, mais la boîte restait, indélébile. J'avais beau m'acharner, son image perdurait, et l'écho sourd de la musique au rythme de mon poignet.

Dylan

2002

Après le bac, deux années en BTS vente, choisi à défaut d'ambitions plus précises, sont passées sans progrès. Mes amis étaient partis faire une école de commerce assez coûteuse à Nantes, la grande ville la plus proche d'ici. Vincent ne m'avait donné aucune nouvelle et j'en avais déduit qu'il ne voulait pas des miennes. De lui m'étaient restés quelques souvenirs pesants, et puis ce mot, choper, comme une urgence, une mission inachevée.

Pendant deux ans j'ai essayé, dans les couloirs, dans les bars, aux soirées en appartement. Ce n'était même pas la drague qui échouait mais la relation la plus élémentaire, le premier contact amical. Je n'accrochais rien. Les gens me glissaient entre les mains. Une distance incompressible persistait entre eux et moi. Ils semblaient s'être soudés en mon absence, comme si j'avais raté la soirée d'intégration, mais je m'y étais pourtant bien rendu, et déjà à cette époque j'avais eu le même sentiment. Le problème venait de mon côté.

J'avais du mal, par exemple, à tenir une conversation. Tout ou presque dépendait de ça. Certaines personnes le faisaient naturellement, trouvaient des choses à dire sans cesse et sans réfléchir ; je n'en avais qu'un petit fond, toujours le même dans lequel fouiller pour boucher les silences : Ça va ? Ça fait longtemps que t'es là ? Tu penses qu'il va pleuvoir ? Et puis je m'essoufflais. Je n'arrivais pas à rebondir sur les réponses. Je n'étais pas intéressant, intéressé à peine, puisque je ne prenais pas le temps d'écouter, trop occupé à réfléchir, à chercher des choses à dire, en vérité pas même des choses mais des phrases, des mots, des bruits. Ce devait être embarrassant. Les gens préféraient m'éviter. Quand ils étaient contraints de me parler, je les sentais s'agiter dès qu'une autre conversation passait non loin, comme s'ils craignaient soudain de rater une information capitale par ma faute. Ces difficultés, quoique fréquentes, n'étaient pas assez fortes pour suggérer chez moi un handicap ou un alibi de ce genre. Il s'agissait tout bonnement de mon *caractère.* Il ne devait pas me manquer grand-chose pour en changer, peut-être une gueule, un corps, une voix, un peu d'humour ou de culture, une façon de faire irruption dans les pièces.

En 2002, je me suis mis à la musculation.

J'avais vingt et un ans. C'était le dernier été avant la fin de mes études et le début de la recherche de stage. Mes parents étaient en vacances – mon père travaillait à la mairie, ma mère dans un laboratoire d'analyses médicales – avec Sylvain, ils étaient partis faire du camping dans les Landes et je me jugeais trop âgé pour les accompagner. Resté seul, je m'ennuyais. Je n'avais aucune véritable passion, un peu de télé, un peu de PlayStation, quelques BD. Je m'étais trouvé un job de vendeur à La Mie câline. Chaque matin, sur la route, je passais devant Bodymax, la salle de sport du quartier. Je la regardais furtivement, attiré, pressentais qu'une aide m'attendait là. J'ai fini par entrer.

L'intérieur était comme je l'avais imaginé, plein de machines et de bruits métalliques. On se serait cru dans une forge. Des haut-parleurs diffusaient de la musique électro. Derrière le comptoir se tenait un homme assez petit, très musclé, veineux, gonflé. Ses cheveux étaient dressés en pics avec du gel. Son visage faisait jeune. À bien regarder, il devait avoir mon âge.

— Je peux vous aider ?

— Oui. Je voudrais… m'abonner.

— Je vous invite à me suivre au coin réunion.

Nous sommes allés nous asseoir sur des sièges ballons autour d'une table basse. Il a sorti ses papiers puis m'a souri comme s'il me découvrait.

— Je m'appelle Dylan, je suis coach sportif, ravi de vous accueillir.

J'ai eu envie de lui dire qu'il pouvait me parler normalement, que nous avions l'âge d'être amis.

— Alors, pour commencer, quel est votre objectif ?

J'ai rougi sans le voir venir. Je n'avais rien préparé là-dessus.

— Je ne sais pas.

Je le savais bien.

— Vous voulez vous développer un peu ?

— Oui, voilà, on peut dire ça.

— Dans quel but ? Esthétique ?

— Non, pas du tout ! me suis-je empressé de rectifier.

— Il n'y a pas de jugements de valeur à Bodymax.

— Non mais, vraiment, ce n'est pas pour ça. C'est plutôt pour… garder la forme, quoi.

Il a scanné mon corps des yeux. J'ai contracté ce que j'avais de muscles. Moulées par le T-shirt, mes côtes saillantes du bas pouvaient passer pour des abdos.

— Est-ce que je peux vous demander de monter sur la balance ?

— Je suis assez léger, ai-je prévenu.

Je suis monté et j'ai attendu la sentence.

— Cinquante-cinq kilos, a lu Dylan à voix basse, discret, professionnel, comme s'il m'annonçait une maladie grave.

— C'est très léger…

— Effectivement.

Il a réfléchi.

— On pourrait partir sur une formule Full renforcement musculaire. Engagement sur un an. Réduction pour les étudiants. Accès à 100 % des équipements dès signature. Vous avez quelque chose de prévu cet après-midi ?

De retour de vacances, mes parents et Sylvain ont été surpris. Je n'avais jamais aimé le sport et ils me retrouvaient soudain pris de passion pour les haltères en fonte. Mon père m'a demandé si j'étais sûr de mon choix. Il a dit que la natation ou le vélo seraient plus adaptés si je voulais me développer, que la musculation pouvait faire un corps laid. J'ai eu envie de lui dire que le sien l'était. Il était maigre avec un gros ventre. Le pire des corps. Parfois, je lui en voulais de m'avoir transmis ses gènes, comme si tout était sa faute, et celle de mon grand-père avant lui. Je suis resté poli. J'ai dit que j'avais bien réfléchi, que cela me donnerait confiance en moi. L'argument a fonctionné. Ils m'ont même offert un jogging Adidas.

La musculation est un sport à part. Les premières semaines sont rudes. On arrive avec son petit sac, sa petite serviette, son petit corps tout habillé et cependant aussi nu qu'à la piscine, offert à la vue des connaisseurs auxquels un bout de biceps suffit à se faire une idée du tout. On compte parmi les plus faibles. C'est une catégorie en soi. On accepte en souriant les conseils des vétérans passionnés de nutrition et d'anatomie. On fait semblant de ne pas voir les regards condescendants de ceux qui soulèvent plus lourd. Si l'on veut, on peut repérer d'autres faibles pour se sentir moins seul. On peut même en trouver de plus faibles que soi si l'on cherche bien. On se prend à les juger à son tour. C'est la chaîne alimentaire. Tout en haut, il y a les plus musclés que nécessaire, les steaks, comme on dit, qui viennent six fois par semaine et poussent des cris pendant l'effort. Ils rabotent et développent à l'infini. Ils ne sont jamais satisfaits. Voilà le problème. La plénitude n'existe pas. Les muscles se perdent aussi vite qu'ils se gagnent. C'est une course permanente. La salle de sport est un micro-ondes géant, on vient s'y chauffer, s'y congestionner pour vite retourner dehors, faire fructifier son corps en été, sur les photos, dans les soirées et dans les lits, avant qu'il soit trop tard, que l'on se blesse, que l'on vieillisse ou que l'on meure. Il y a plusieurs formules. C'est selon les complexes. Le mien était clair. Il me donnait un cap. Je venais là pour me débarrasser de mon corps maigre et de ma vie taillée à son image.

J'en étais à ma cinquième semaine, déjà mieux dessiné, lorsque j'ai entendu Dylan souffler, fixant une cliente qui faisait des squats en face de lui :

— Ce cul…

Je me suis figé sur ma machine. L'avait-il dit pour lui-même ou bien à moi ? Dans le doute, je lui ai répondu par un léger sourire et me suis remis à ma série de rowing. Il s'est rapproché, l'air malicieux.

— Tu l'as vu, toi aussi ?

J'étais piégé. Il me considérait comme un complice. Son vouvoiement, ses retenues et ses manières avaient disparu d'un coup.

— Vu quoi ?

— Le cul de la cliente à la barre de squats.

J'ai fait non de la tête et continué mes mouvements.

— Bah regarde, tu verras.

Je me suis senti forcé. J'ai jeté un bref coup d'œil, puis baissé la tête, honteux.

— Alors ?

— J'ai vu.

— Et est-ce que t'avais déjà vu un boulard aussi parfait que celui-là ?

Un peu de colère a remué en moi. C'était une prise d'otage. Je ne savais pas comment m'en tirer. Toute réponse entraînerait d'autres questions encore plus embarrassantes. J'ai décidé de hausser simplement les épaules. Mais ce n'était pas assez net. Il aurait fallu refuser cette conversation. Faute de quoi, Dylan a cru que je faisais la *fine bouche.*

— Ah ouais, t'as des goûts de luxe. Respect mon gars. J'attends que tu m'en trouves une mieux que ça.

Il m'a souri et tendu la main pour que je tape dedans. J'ai obéi docilement, puis il s'est éloigné. J'ai cru naïvement qu'il ne reviendrait pas à la charge mais le mal était fait, une digue avait cédé : les jours suivants, Dylan ne s'est plus caché pour regarder les fesses des clientes. Elles l'obsédaient. Elles structuraient ses journées. Il pouvait se contorsionner pour n'en rien manquer, habile, ses yeux ne les suivant pas à leur passage mais les devançant afin qu'elles entrent d'elles-mêmes dans son champ de vision, le dédouanant de tout soupçon. Il avait toujours un mot à en dire et c'était toujours à moi de l'entendre. J'encaissais en rougissant. Plus que sa vulgarité, me violentait ce qui s'exprimait à travers elle ; il s'agissait bien de désir, et celui-ci me ramenait au mien : je ne venais pas ici seulement pour me muscler, je me musclais pour plaire, oser me lancer, et ce moment-là j'avais tendance à le repousser sans fin.

Un vendredi, pendant qu'il rangeait la salle, Dylan est venu me voir au milieu de ma série de tractions.

— J'ai vu trop de culs aujourd'hui. Faut que j'évacue. Je vais sortir ce soir. Tu veux venir ? Entre mecs.

— Où ça ?

— À La Plage. Tu connais ?

J'ai tressailli. Je l'avais presque oubliée. Le bruit, la lumière, l'odeur et les corps tassés sont remontés en moi en relents acides. J'ai voulu refuser. Mais on me proposait quelque chose. On me proposait de sortir « entre mecs », peut-être même entre amis.

— Je te suis.

Le bâtiment s'était agrandi. C'était désormais un grand carré. En s'en approchant avec Dylan, j'ai essayé de ne pas réfléchir, de ne pas me souvenir, en apnée. L'entrée était devenue payante. Cinq euros. Nous sommes passés. À l'intérieur, j'ai filé jusqu'aux tabourets hauts du bar en prenant bien soin de ne pas regarder la piste. Dylan m'a suivi. Il a posé ses gros bras sur le comptoir. C'était étrange de le voir hors de Bodymax, comme de croiser un prof au supermarché. Je me suis allumé une cigarette. Le barman m'a demandé ce que je voulais boire en criant. J'ai paniqué un instant, puis décidé :

— Un gin to', s'il vous plaît !

— C'est quoi ? m'a demandé Dylan.

— Gin et Schweppes Tonic, c'est bon !

— Pas de ça pour moi ! Un jus de pomme, s'il vous plaît.

— Tu ne bois pas d'alcool ?! ai-je demandé en essayant d'avoir l'air offusqué.

— Jamais ! Y a rien de pire pour les abdos. À la tienne !

J'ai trinqué. Je me sentais étrangement bien, du moins pas mal, beaucoup mieux que la dernière fois, sûrement grâce à l'absence de Vincent. J'appréciais le cadre, la rupture nette avec le monde du dehors. La lumière était bien réglée, chaude et tamisée. Le volume sonore me dispensait de parler. La foule était moins oppressante qu'un groupe, cinq cents personnes pesaient moins lourd que dix. La raideur des soirées en appartement, la violence des canapés, les discussions intenables aux fenêtres, tout cela s'atténuait d'un cran, dilué dans l'air. J'avais l'impression de pouvoir ici rejouer les choses, me réinventer plus fort et plus serein, laisser tomber ma fadeur comme une vieille peau.

Dylan a fini son verre d'une traite et s'est penché vers moi.

— On s'y met ?!

Sans m'attendre, il s'est levé pour aller danser. Dans l'élan, le corps chauffé par le gin, j'ai fait pivoter mon tabouret vers la piste… Et alors ça a été comme si je me cognais contre une baie vitrée.

Beyoncé – *Crazy in Love*

De ce côté-là rien n'avait changé, c'était toujours aussi brutal. On aurait dit un troupeau de gnous. Je voyais surtout des hommes, des hommes lourds, musclés, moulés dans leurs T-shirts satinés noirs ou blancs. Ils prenaient une place folle. Ils saturaient l'espace. Leurs regards sur les femmes appuyaient si fort qu'ils devenaient une sorte de matière, une tourbe épaisse répandue dans la boîte. Ils écrasaient tout. Ils étaient le sol, l'air et la musique. S'insérer là-dedans paraissait impossible.

Dylan, lui, s'était fondu parmi eux. Il était l'un d'eux. Il dansait lentement près du palmier, face au mur-miroir. Ses jambes restaient fixes, seule sa poitrine marquait le rythme en pivotant. Coudes levés façon garde de boxe, ses bras suivaient le mouvement. Les yeux mi-clos, la bouche entrouverte, il avait l'air à la fois las et concentré. Étonnamment, il n'approchait personne, prenait même soin d'éviter tout contact avec les autres. On aurait dit qu'il craignait de se salir ou de froisser ses muscles. Il ressemblait à un modèle d'exposition, se contentait de regarder ses bras dans le miroir, comme si sa propre présence lui suffisait pour jouir. C'était une nouvelle personne, sans plus de désir. Peut-être avait-il peur de passer à l'action. Cette idée m'a rassuré. Je n'étais pas seul. Peut-être même, ai-je pensé un instant, était-il puceau lui aussi. Je n'aurais jamais osé le lui demander, la question n'était plus de notre âge, c'était d'ailleurs là tout le problème. Puceau, le mot me dégoûtait. Il m'évoquait une créature hybride entre puce et veau perdu dans les champs. C'était écrit sur mon visage, ça suintait de mon corps entier. Il y avait des gens qui le demeuraient toute leur vie. Je me souvenais de monsieur Sureau, un prof de techno de mon ancien collège qui se traînait cette réputation comme un gros sac de pierres. Tout le monde savait qu'il était seul et l'avait toujours été. Suivant les jours, on le regardait avec condescendance, rire ou pitié. Il avait beau être gentil et doué dans son domaine, c'était immanquablement la première chose que l'on se disait en le voyant ou en parlant de lui, baissant la voix d'un demi-ton comme par respect pour un mort. Tout le reste de sa personne venait après cette carence qu'on ne lui pardonnait pas. Je ne voulais pas finir comme ça. J'avais encore un peu de force et d'orgueil, un petit fond tiède, de quoi étriper ma solitude.

Sans réfléchir, je me suis engouffré dans la foule, le cœur affolé, et j'ai marché droit vers Dylan. Il m'a tendu la main pour que je tape dedans et je l'ai fait franchement, peut-être trop. Je me suis d'abord tenu immobile à côté de lui, en sécurité, protégé par sa masse. Je l'ai regardé danser. Je n'avais qu'à l'imiter. Ce ne devait pas être si difficile. Des centaines de personnes le faisaient. On ne se connaissait pas, on ne se reverrait jamais, je devais réussir à les ignorer. Rigide, les yeux baissés, j'ai commencé à taper du pied. Je me suis calé sur les mouvements de Dylan. J'ai fait suivre mon bassin, mes épaules. Au fond de mes poches, mes doigts se sont dépliés. La tension de la musique est montée, le rythme a doublé, quadruplé, saturé... Il y a eu un instant de silence, puis le son a repris plus fort, des basses profondes ont secoué le sol, Dylan et toute La Plage se sont mis à sauter. Pris dans l'élan, j'ai sorti mes mains, levé mes bras et sauté aussi. J'y étais.

La sensation, cette fois, était agréable, peut-être même la plus agréable des sensations éprouvées jusqu'alors. Certes je ne faisais que sauter, certes je ne dansais pas réellement, mais je me sentais tout de même synchronisé avec les autres, réglé sur eux. La distance entre nous s'était raccourcie, il n'y avait plus de vide, plus rien à combler, et cela se passait de mots, de connivences, d'humour ou d'intelligence. Il suffisait de sauter pour faire partie de la foule, la grossir de sa solitude, comme on jette une branche au feu.

Au bout d'un moment j'ai croisé un regard : une femme qui semblait seule, en T-shirt et jean, lunettes, l'air gentille. Je me suis arraché un sourire et elle m'en a fait un en retour. Sans nul doute, c'était un eye-contact. Quelque chose était envisageable entre nous ;

une danse, un baiser, peut-être même une histoire. Courage. Je me suis dirigé vers elle par de petits sauts latéraux. Nous nous sommes retrouvés face à face, en rythme, nos mains toutes proches, absolument saisissables. Mais alors que je m'apprêtais à oser, un homme s'est détaché de la masse informe de la foule pour se glisser entre nous, telle une grosse mouche, me tournant le dos d'une manière qui m'a paru impolie. Voulant tout de même croire à un hasard, je l'ai contourné délicatement.

— Oh !

Il venait de me crier dessus. Je lui ai jeté un regard terrifié.

— Tu joues à quoi ?!

J'ai reculé en agitant les mains, sautillant toujours un peu dans la fuite. Il a dû croire que je me moquais de lui car il m'a suivi, bouche ouverte et mains écartées. Il attendait des excuses. Il était grand et sec. Bracelet argenté. Col en V. Bras fins mais musclés, serrés au-dessus des biceps par des manches ajustées. J'allais partir en courant quand Dylan est intervenu, surgi de nulle part, énorme et rassurant.

— Laisse mon pote !

— Qu'est-ce que tu veux, toi ?!

Ils se sont collés front contre front, les mains agrippées au col de leurs T-shirts respectifs, prêts à se les arracher. Dylan devait peser le double du col en V, mais ce dernier ne s'est pas dégonflé. Je suis resté planté devant eux. Je ne sautais plus, j'avais perdu l'élan, ma partenaire s'en allait.

— Qu'est-ce qu'y a ?! Qu'est-ce qu'y a ?!

Ils se sont empoignés. Un troisième homme est intervenu pour les séparer mais il m'a semblé que lui aussi voulait se battre. Par-dessus son épaule, le col en V a lancé un coup de poing à Dylan. Tout s'est brouillé, d'autres hommes s'en sont mêlés. J'ai trouvé violent que la musique continue. Dans la bagarre, j'ai eu le temps d'apercevoir Dylan à terre, ratatiné, se protégeant des coups. Deux videurs sont arrivés. L'un a saisi le col en V pour l'éloigner, l'autre a relevé Dylan. Il saignait, gardait les yeux fermés, bavait un peu. Le videur l'a soutenu et emmené vers la sortie. Impuissant, j'ai suivi leur sillon dans la foule. Les gens nous regardaient sans s'arrêter, comme les passagers des voitures quand il y a un accident sur la route. Ils avaient l'air outrés et contents. Je pouvais le comprendre. Les coups reçus par les autres font parfois un peu de bien, comme autant de coups reçus en moins par soi. Moi, je pensais surtout à ma partenaire. Elle avait disparu. Je ne la reverrais probablement jamais.

Dehors il y avait un vent froid. Le col en V faisait les cent pas sur le parking. Un ami à lui essayait de le calmer mais cela avait l'air de le galvaniser davantage. Le videur a assis Dylan sur le trottoir, encore sonné.

— Plus jamais de ça ici.

Et il s'est reposté sèchement à l'entrée, sans l'aider. Choqué qu'on l'abandonne ainsi, je suis venu m'asseoir à côté de Dylan.

— Ça va ? Tu veux que j'appelle le Samu ?

En guise de réponse, il s'est enfoui la tête dans les mains. Son corps énorme tremblait. La chair de poule le faisait paraître encore plus musclé. On aurait dit un enfant bodybuildé. Je ne savais pas quoi faire.

— Merci de m'avoir défendu.

Il est resté silencieux. Un groupe de femmes de notre âge est passé devant nous.

— Regarde, elles ont l'air chouette, ai-je tenté timidement pour lui remonter le moral.

Il n'a pas répondu. Je les ai regardées passer, entrer dans la boîte. Un instant, j'ai eu envie de laisser Dylan sur le trottoir et de retourner sauter en rythme avec elles.

Brusquement, il s'est levé. Il a foncé vers le col en V. Paniqué, j'ai couru derrière lui mais c'était déjà trop tard, et puis qu'aurais-je fait ? Ils se sont encore battus. Dylan est retombé. Des gens ont crié. Il a reçu un grand coup de pied en plein visage et n'a plus bougé.

Après l'hôpital, Dylan a bénéficié d'un arrêt de travail assez long. Ça ressemblait plutôt à un arrêt pour humiliation. Ses plaies avaient eu le temps de se refermer mais il en demeurait le souvenir, la honte, la vraie blessure. Il s'était fait casser la gueule. Ses muscles n'avaient servi à rien. Son corps entièrement conçu pour régner s'était fait mater deux fois d'affilée par un corps plus faible. Six séances de sport par semaine n'avaient pas pu l'empêcher. C'était un échec, un crachat sur son travail et sa virilité. Il pouvait ne pas s'en relever. Du moins il y mettrait du temps. Et ce temps était compté. La musculation était une addiction, il y avait même un nom pour cela, Dylan m'en avait parlé une fois : bigorexie. Quelques semaines de relâchement suffisaient à se sentir faner, déprimer et finalement renoncer, se laisser dériver dans la graisse ou la maigreur, selon les cas. Ce devait être une horrible sensation. Je n'ai pas revu Dylan pendant un mois.

J'ai fini par demander de ses nouvelles au patron de Bodymax : il avait démissionné. Je ne sais pas ce qui m'a pris alors, mais j'ai dit que je venais de terminer mes études et cherchais un emploi ; je ne serais certainement pas qualifié pour être coach mais, s'il avait besoin de quelqu'un pour assurer au moins la permanence à l'accueil, j'étais partant. Le patron m'a répondu qu'il me contacterait à l'occasion.

La disparition de Dylan m'a motivé pour décupler mon entraînement. Je suis passé de trois à cinq séances par semaine. J'ai modifié mon alimentation, n'en déplaise à mes parents : riz-dinde, riz-thon, œufs, lentilles, flocons d'avoine, bananes, shakers de protéines. Ma vie s'est calée sur la muscu. Rien n'a plus compté que mon corps et l'envie de pousser. Des bosses sont apparues, des veines ont sailli. Patiemment, je me suis transformé.

Un soir enfin, je me suis décidé à retourner seul à La Plage.

C'était à un repas en famille avec la nouvelle copine de Sylvain, Audrey. Elle était assise en face de moi, polie comme mon frère, drôle comme il fallait ; mes parents riaient à tout ce qu'elle disait et moi je n'osais pas la regarder, tel un petit frère timide, ce que j'étais devenu à cause de mon retard : né avant Sylvain, j'avais parlé avant lui, marché avant lui, mais lui me dépassait soudain dans le plus douloureux des virages, comme partout d'ailleurs, études, amis, passions. Je traînais la patte sur tous les sujets. La faute au plus important. Quand on n'a toujours pas embrassé à vingt et un ans, difficile de se concentrer sur autre chose, à moins de se résigner pour de bon. Après le dîner, seul dans ma chambre, écoutant Sylvain et Audrey essayer de ne pas faire de bruit dans la leur, j'ai donc pris les devants. Douche, chemise, parfum. J'ai descendu les escaliers. Mes parents regardaient la télé. Pour la première fois, ils ont paru perturbés de me voir sortir.

— Tu vas où ? m'a demandé ma mère.

— Je sors. En boîte.

— Un mardi ?

Je ne m'en étais pas rendu compte.

— Euh, oui. Pourquoi pas ?

— Pas de problème, a dit mon père, c'est bien de faire la fête, même si un mardi c'est un peu surprenant.

— Tu y vas avec qui ?

J'ai hésité à leur dire la vérité.

— Avec des nouveaux amis.

— Ah, c'est bien, ça.

L'air soudain embarrassé, mon père a ajouté :

— Et puis, si jamais tu as envie de rentrer avec quelqu'un, par exemple, enfin, sens-toi libre, quoi, la maison est ouverte.

Le feu aux joues, j'ai hoché la tête et pris la porte.

Dans la rue je me suis senti un peu honteux. Je n'étais jamais sorti seul. Même au cinéma je n'étais jamais allé seul. Mes parents auraient sans doute eu de la peine à me voir marcher comme ça vers La Plage. Tant pis. Quelque chose me démangeait. J'avais envie de danser.

FRANCK

2006

Je sortais à La Plage tous les vendredis et samedis soir. En semaine, je travaillais à Bodymax en attendant le week-end. Depuis mon premier salaire, je vivais dans un studio de vingt-cinq mètres carrés pas loin du centre-ville. Habiter seul m'épargnait le regard de mes parents, leur pression sur ma solitude. Je leur rendais visite le dimanche, en gueule de bois. Ils me posaient des questions sur mes soirées. Je disais qu'elles étaient trop longues à raconter. En vérité, je n'avais toujours pas réussi à nouer une relation là-bas. Je savais ce qui me manquait : je devais apprendre à mieux danser. En boîte, la danse était le langage, comme la nage à la piscine. Le corps dansait pour exprimer son désir, éveiller celui des autres, les réunir. Et moi je balbutiais.

Un soir de septembre 2006, dans un gymnase sinistre près de la gare, je me suis rendu à mon premier cours de danse pour débutants. Je l'avais trouvé en cherchant sur Internet « apprendre à danser en boîte de nuit ». J'étais tombé sur des cours de rock, de salsa, de zumba, de modern jazz, de hip-hop, de danse classique et même de danse bretonne, mais il n'y en avait aucun pour l'électro ou la pop qui passaient à La Plage. Finalement, j'avais vu cette annonce : « Club des danseurs amateurs, cours de danse spontanée, lâcher-prise, libération des fluides, en bref : osez danser. »

Nous étions une dizaine d'inscrits. Tous les autres étaient plus âgés que moi, la plupart devaient avoir la trentaine. Le prof, enjoué et chaleureux, nous a demandé de nous présenter tour à tour. Je passais en deuxième, le temps de préparer quelque chose dans ma tête pendant que le premier parlait.

— Bonsoir, je m'appelle Arthur. J'ai vingt-cinq ans. Je suis employé dans une salle de sport, je m'occupe de l'accueil des clients et de l'administration. Je fais aussi de la musculation là-bas, entre midi et deux, quand la salle est vide.

— Ça ne me surprend pas, tu as un corps d'athlète, a dit le prof. Est-ce que tu as d'autres passions dans la vie ?

— Oui. Tous les week-ends, je sors en boîte de nuit.

La phrase a produit son effet, tout le monde a paru plus attentif.

— Tu es donc habitué à danser ?

— Oui, et j'aime ça, mais j'ai quand même un problème.

— Dis-nous les choses comme tu les sens.

— Parfois, j'ai l'impression de tourner en boucle.

— C'est très intéressant, ça. Tu peux développer ?

— Quand je suis en boîte, je danse toujours de la même façon, avec les mêmes mouvements. Je me sens un peu limité. J'aimerais bien arriver à… me déployer.

— C'est décidément très, très, très intéressant. Mais je m'interroge : quand tu es seul chez toi, est-ce qu'il t'arrive de danser ? En sortant de la douche ou en écoutant de la musique, par exemple ?

— Oui, ai-je avoué.

— Il n'y a pas de gêne à avoir. Dans ces moments-là, est-ce que tu te sens plus libre que lorsque tu danses en discothèque ?

— Oui.

Il s'est gratté la barbe et m'a regardé en plissant les yeux.

— Arthur, est-ce que tu dirais que tu manques de confiance en toi ?

J'ai réfléchi. Peut-être avais-je l'air pathétique, si raide, les mains jointes devant moi, comme prêt à annoncer une directive, et pourtant si perdu. Je ne savais pas me tenir autrement. C'était la faute de mes bras encombrants, trop gonflés pour demeurer ballants le long du corps. Je les maintenais un peu relevés. Ma confiance en moi, toute petite, se logeait quelque part entre eux deux. Cette partie-là ne se musclait pas comme le reste, au contraire : toute pression, tout stress exercé dessus l'atrophiait davantage.

— Oui, ai-je répondu.

Il a hoché la tête d'un air entendu.

— C'est bien ce que je pensais. Arthur, en ce qui te concerne, considérant ta situation et tes acquis, je ne te donnerais qu'un conseil : il faut te lâcher.

Cette phrase me crispait. Je l'avais trop entendue. Les gens qui la prononçaient avaient souvent la même inflexion de voix : « Il faut te lâcher », disaient-ils en remontant dans les aigus à la dernière syllabe, forçant l'engouement comme avec un enfant qu'il faut convaincre.

— Vous avez raison, ai-je dit. Merci.

D'autres se sont présentés à leur tour, chacun donnant son nom, son âge, son métier et ses problèmes avec la danse. J'ai retenu surtout Laura, vingt-sept ans, employée de banque, absolument dépourvue du sens du rythme. Elle était calme et sympathique, assez massive, le visage très maquillé, les lèvres serrées d'embarras. Nos regards se sont croisés et j'ai baissé les yeux ; je les ai relevés discrètement mais elle ne me regardait plus.

— Bonsoir, je m'appelle Franck, a dit enfin le dernier. Je vais sur ma trentaine, je suis botaniste et je voudrais perfectionner mon sens de libération des fluides.

— C'est très précis, Franck, très intéressant…

— Merci. J'ai déjà quelques bases, mais ce n'est pas grand-chose.

— Nous sommes là pour les travailler ensemble.

— Je peux vous montrer, peut-être ?

— Bien sûr, a dit le prof un peu surpris.

Franck s'est alors mis à onduler lentement, façon tai-chi, les yeux mi-clos. Les autres l'ont observé avec sérieux. Il s'est arrêté d'un coup, a relâché son corps et souri comme s'il attendait des applaudissements.

— Merci, Franck. Très intéressant.

Il a incliné la tête humblement. Vêtu d'un pantalon de lin et d'une chemise blanche, grand et fin, pâle, ses cheveux longs attachés en queue-de-cheval, il correspondait à l'idée que je me faisais d'un hippie, en un peu raté, en délavé. Je le trouvais mal proportionné. À force de travail sur mon corps, mon exigence avait débordé sur celui des autres. Tour à tour, je les jugeais trop maigres, trop plats, trop gros. Je ressentais parfois un léger dégoût à l'égard de ceux qui ne s'entretenaient pas, ne travaillaient pas leur apparence. Cette discipline-là était peu considérée, on en tirait moins de prestige que de celle du travail ou des activités artistiques, par exemple. S'il en avait été autrement, j'aurais eu une très bonne place dans la société.

La séance a commencé, le prof a mis de la musique entraînante. Nous avons dû déambuler dans le gymnase en effectuant les mêmes petits moulinets de bras rudimentaires. Il s'agissait d'abord d'apprendre à nous connaître en dansant tous de la même manière. Ensuite, il a fallu peu à peu se différencier, tenter d'autres mouvements, se laisser aller. Au bout de trois secondes, Franck s'est lâché. Il a commencé à mouliner plus large, à faire de grands soleils avec les bras. Il savait danser. Que venait-il chercher dans un cours de débutants ? Un élan de courage s'est répandu après lui. La digue des timidités a cédé, libérant un flot puissant. Chacun y est allé de sa fantaisie. L'un s'est mis à sauter sur un pied. Une autre s'est figée pour improviser des gestes du bout des doigts. Le prof était content. Tout l'intéressait. Le moindre spasme était une victoire. Si quelqu'un s'était roulé sur le plancher en hurlant, il l'aurait sans doute encouragé. Je me suis contenté de danser comme à La Plage, glanant autour de moi les meilleures idées de *moves,* m'imaginant déjà les tester sur la piste. Dans son coin, Laura peinait. Ses mouvements étaient lourds. Elle décrochait parfois de la mesure comme si elle ratait une marche. Je la trouvais émouvante. J'ai cherché son regard et nous avons échangé un beau sourire, complice, m'a-t-il semblé.

À la fin de la séance, j'ai décidé d'aller lui parler. Après tout nous étions dans le même cours, c'était naturel, ai-je pensé. Quand je suis sorti du vestiaire, elle était là, de dos, fumant une cigarette. J'ai inspiré un grand coup et me suis dirigé vers elle, mais elle discutait déjà avec Franck, dissimulé par un poteau.

— Arthur ! Je voulais te dire, j'ai beaucoup aimé ta présentation, c'était très beau, très juste.

— Ah, merci.

— Ça m'a même redonné envie d'aller en boîte, tu vois.

Laura m'a semblé approuver d'un léger signe de tête, ce qui m'a motivé à rester.

— Je discutais avec Laura, qui est charmante. Je lui disais que j'avais beaucoup aimé sa façon de danser, très en retenue.

— C'est vrai, ai-je soufflé en rougissant.

— Tu étais bien aussi, a-t-elle dit à Franck.

— Oh, non, j'étais très mauvais... Mais je suis là pour apprendre. Le prof est génial, non ?

Nous avons approuvé. Pour en faire mes alliés, j'ai tenté une petite critique :

— Il est quand même un peu... un peu too much, non ?... Enfin je veux dire...

— Ah oui, tu trouves ? Moi, pas du tout. Il nous permet de bosser nos faiblesses, de rencontrer des gens... C'est quand même super qu'il s'investisse autant, non ?

— J'attends de voir à la prochaine séance, a dit Laura en haussant les épaules.

Franck s'est alors exclamé, avec une spontanéité peut-être feinte :

— Une idée folle me vient : et si on se revoyait tous les trois ce week-end, sans attendre la prochaine séance ? Arthur, tu pourrais nous emmener en boîte samedi, tiens ? Quoi de mieux pour s'entraîner ?

Plutôt mourir que d'y aller avec toi, ai-je pensé. Je croyais reconnaître en Franck cette personnalité particulière : les illusionnistes des premiers jours, qui tapent dans l'œil des autres, les charment et les impressionnent avant de révéler leurs vices et leur nature profondément pénible, condamnés à l'itinérance, au butinage infini d'amitiés passagères. J'en avais déjà rencontré de semblables dans les marges de lieux familiers, foyer du lycée, CDI du BTS, comptoir de Bodymax où venaient me parler les clients les plus seuls. Il me fallait fuir ce genre de personne, je le savais bien, j'étais trop impressionnable, trop influençable, capable de m'accommoder du pire, à défaut d'amis choisis.

— Pourquoi pas, a dit Laura.

— Pourquoi pas, ai-je répété.

Le samedi, après ma séance de muscu, je suis resté chez moi à attendre la nuit, regarder des clips de danse sur MTV. En fin d'après-midi, j'ai fait un peu de ménage. C'était un rituel chaque fois que je sortais, au cas où je ne rentrerais pas seul. Je faisais mon lit. Je passais l'aspirateur. Chaque fois je pressentais que tout cela préparait ma tristesse, que mes petites attentions se retourneraient contre moi, au retour, pour me rappeler ce que j'espérais en partant. Je rentrais bredouille. Le lendemain matin, une jolie lumière éclairait le lino. Mon studio était propre, prêt à recevoir, comme une chambre d'hôtel. Parfois en le regardant, vide et impersonnel, je me décourageais. Puisque cet endroit n'était vu de personne, à quoi bon le ranger.

Mais je continuais, discipliné, comme ceux qui ne sortent jamais de chez eux continuent à s'habiller, s'interdisent le pyjama rien que pour la dignité, le sentiment de résister, jusqu'à ce que quelque chose advienne.

À vingt-deux heures, je me suis douché. J'aimais le faire au dernier moment pour me sentir frais le plus longtemps possible. J'ai ouvert une bière. Serviette autour de ma taille, rideaux tirés, j'ai lancé *Everybody* de Martin Solveig et dansé sur mon tapis. Le déhanché était bon, le roulis d'épaules aussi mais les jambes encore un peu raides. C'était par elles, par le bas, que je demeurais arrimé au sol, vissé, retenu dans le monde lourd des soirées sans musique. Bientôt j'aurais fini de m'en arracher, cette nuit peut-être, face à Laura. J'ai mis mon col en V Zara, un caleçon Calvin Klein, mon jean noir, mes Reebok, mon parfum Diesel et, par-dessus le tout, ma veste G-Star qui tombait si bien sur les épaules. Je me suis regardé dans le miroir. Pas si mal. Un bref instant j'ai presque aimé ma solitude, puisque assurément j'en serais débarrassé dans quelques minutes. Jamais je n'étais aussi optimiste qu'à ces moments de bascule vers La Plage, où tout me semblait sur le point de commencer, tandis que le soleil se couchait.

Arrivé en avance, j'ai allumé une cigarette sur le parking et observé les clients qui affluaient, à la recherche d'un visage familier pour que Franck et

Laura me trouvent en conversation. Je croisais parfois des anciens de mon BTS. Ils venaient toujours à plusieurs et déjà chauffés, ambiancés, probablement sortis d'un before en bar ou en appartement. Il était rare de se rendre en boîte directement comme je le faisais, sans intermédiaire, sans apéritif, et seul par-dessus le marché. Pour dissiper les soupçons, j'avais pris l'habitude de jeter des coups d'œil au loin comme si j'attendais des amis.

Laura est arrivée la première. Elle portait une robe et s'était maquillée davantage encore. En la voyant marcher je n'ai pas pu m'empêcher de la trouver gauche. Un vague sentiment de tristesse m'a pris en l'imaginant se préparer chez elle comme je l'avais fait chez moi. Pourtant mon cœur s'est mis à battre, par défaut ; notre petit contact au club m'avait marqué, sentir chez elle un brin d'intérêt avait suffi à décupler le mien.

Nous nous sommes fait la bise. Ni elle ni moi n'avons fait le bruit du baiser sur la première joue, et nous l'avons exagéré ensemble sur la seconde.

— C'est sympa comme endroit, a-t-elle commencé.

— Oui, très sympa.

J'ai cherché des choses à dire. Je n'étais pas habitué à le faire ici. Venir seul m'en dispensait. Laura m'a devancé :

— Alors comme ça tu viens souvent ?

— Oui.

Relancer, me suis-je rappelé, toujours penser à relancer la conversation, comme on renvoie une balle de ping-pong, par réflexe ou simple politesse.

— Et toi ?

— C'est la première fois.

— D'accord.

Il y a eu un silence

— Franck est en retard, ai-je dit.

— C'est vrai. Sacré Franck.

— Oui, sacré Franck.

Nos yeux scrutaient le parking à sa recherche. Le voir arriver, même à cent mètres, nous sauverait.

— Peut-être qu'il a oublié…

Laura a haussé les épaules et le silence est devenu indépassable. Nous étions en apnée. Une bonne minute a dû s'écouler.

— Le voilà ! ai-je dit enfin, soulagé, presque heureux de voir apparaître Franck au bout du parking.

Il portait le même pantalon de lin et une polaire Quechua plutôt laide.

— On se connaît ? nous a-t-il demandé en se plantant devant nous.

Laura a ri, j'ai ri aussi. Il lui a fait la bise en l'entourant prestement d'un bras. À moi, il a serré la main plus simplement, comme si nous nous apprêtions à disputer une partie de quelque chose, ou plus exactement comme si je venais de la perdre et qu'il me saluait sportivement.

Je connaissais le visage du videur à l'entrée. Ils étaient plusieurs à tourner selon les soirs. Lui n'a pas paru me reconnaître. Je lui ai souri pour qu'il se rappelle de moi, mais il s'est contenté d'un signe de tête. Nous avons payé, sommes passés.

Précédant les deux autres, j'ai cheminé dans le sas d'un air détaché, familier. Je me serais bien bandé les yeux pour les impressionner davantage. Approchant de la porte qui donnait sur la piste, Franck m'a doublé soudain pour l'ouvrir à Laura. Je l'avais vu agir de la même façon dans les vestiaires du club. Il était d'une galanterie extrême. Il ouvrait aux femmes toutes les portes qu'il trouvait, semblait même en chercher rien que pour les leur ouvrir. Il cédait le passage et refusait qu'on l'en remercie, signifiant d'une main levée que tout ceci était normal, plus que normal, naturel. Que pouvait faire Laura ? J'ai cru la voir hésiter devant l'absurdité de la manœuvre, mais elle s'est avancée. Franck était si gentil. Comment pouvait-on le suspecter de quoi que ce soit ? De quel droit pouvais-je supposer que tant de prévenance cachait un Franck très différent ?

La piste était pleine à craquer. C'est souvent le cas en septembre. On retient l'été. Il fait encore assez chaud pour venir sans manteau. Des centaines de corps sont tassés là, insoupçonnables du dehors. C'est un champ qu'on vient labourer, un terrain de chasse, un spot de pêche, un marché sans règles et sans pitié. On vient rarement macérer cinq heures dans la sueur pour le seul plaisir de danser. On vient pour se trouver quelqu'un et rentrer avec. Voilà à quoi sert ce genre de boîte. Le reste, c'est du folklore, du luxe, la plénitude insolente de quelques cœurs rassasiés.

Black Eyed Peas – *Pump It*

Franck ne dansait pas, il glissait plutôt, comme s'il évoluait dans un air lubrifié. Tout en lui était huileux. Il souriait d'un air heureux, inoffensif, autosuffisant. Je distinguais cependant, entre ses jambes arquées sous le lin, la bosse imposante et mouvante de son sexe. Tout le monde pouvait la voir, et je ne pouvais pas croire que lui l'ignorait. Il le savait. L'écart entre cette impudeur et ses airs zen, pensais-je en le regardant, trahissait bien ce qu'il était : un faux zen, un faux cool, un faux chaste ; de ces gourous ratés qui ne respectent pas leurs propres préceptes ; un vicelard, le Francky que je redoutais. Face à lui, Laura dansait sans méfiance. Elle riait pour combler ses lacunes. De morceau en morceau, Franck s'est rapproché d'elle, si subtil qu'il a paru bouger sans le vouloir, déplacé par la force des choses, poussé par le vent ou l'inclinaison du sol. Face à elle, il s'est mis à faire ses grands soleils avec les bras. Elle a ri de plus belle. J'ai voulu m'interposer, empêcher cela. Je ne pouvais pas supporter l'idée qu'ils finissent ensemble. Leurs corps n'étaient plus qu'à quelques centimètres, quand la musique a changé brusquement. Franck a eu l'air surpris. Il ne connaissait pas bien les boîtes de nuit, s'attendait probablement à ce que le morceau s'achève en un long fondu comme à la radio. La rupture a eu l'effet d'une brisure de charme : un instant, tous deux se sont arrêtés de danser, et j'en ai profité pour proposer :

— On va reprendre un verre ?!

Laura a approuvé. Ils m'ont suivi au bar. J'ai commandé trois gin to'.

— Je paye cette tournée !

J'ai posé l'argent sur le comptoir. Toutes ces soirées me coûtaient cher. Les tarifs avaient augmenté. Six euros la conso. Huit euros l'entrée. En moyenne, vingt-cinq euros la nuit. Je n'étais pas riche. Tout mon budget passait dans la muscu, les vêtements et La Plage. J'économisais sur le reste. Courses chez Leader Price, peu de mobilier, pas de voiture, pas de voyages et pas de projets.

Nous nous sommes installés sur la terrasse, une grande véranda récemment construite donnant sur l'arrière-cour de la boîte, baignée d'une lumière jaune et tamisée pour ne pas brusquer les corps, les maintenir beaux et chauds. Je me suis tenu en retrait de notre conversation. Si le dialogue à deux m'était déjà compliqué, à trois c'était pire ; je me perdais, lâchais des phrases et des approbations au hasard, renvoyais la patate chaude. J'ai donc écouté Franck dire que cet endroit était formidable, que nous faisions tous des progrès, que j'étais adorable de les avoir amenés là. Il voulait que cela devienne un rituel entre nous. Ce n'était que son deuxième verre mais je voyais bien qu'il était déjà un peu saoul, par manque d'habitude sans doute. Sa peau rougissait, son sourire s'étirait béatement. Il ne semblait pas se rendre compte lui-même qu'il se transformait.

À un moment, Laura s'est levée.

— Je vais aux toilettes.

— Je te garde ta place ! a dit Franck.

Dès que nous nous sommes retrouvés seuls, son visage est devenu plus sérieux.

— Comment ça va, Arthur ?

— Ça va.

— Je voulais te poser une question... Une question d'homme à homme.

Je l'ai interrogé du regard. Il a sifflé son verre, puis inspiré.

— Qu'est-ce que tu penses de Laura ?

— Laura ?

— Oui, Laura.

Il s'était un peu tendu.

— Je la trouve très bien. Très gentille.

— Oui, ça c'est une certitude. Mais je veux dire : est-ce que tu... comment dire... est-ce qu'elle t'intéresse ?

— Comment ça ?

— Tu m'as compris.

Je me sentais accusé et coupable, alors j'ai préféré mentir.

— Elle m'intéresse... en tant que personne, oui, bien sûr...

— Non, je veux dire : est-ce que tu es sur elle, Arthur ?

— Sur elle ?

— Est-ce que tu veux la séduire ?? a-t-il lâché, la voix plus aiguë.

Je n'ai pas su quoi répondre. Il m'a regardé gravement. Ainsi donc, il me considérait comme un rival. Je m'en suis trouvé presque flatté.

— Écoute, Arthur, ce n'est pas contre toi… on parle entre hommes, tranquillement… Je sens qu'il y a quelque chose entre Laura et moi. Ça me tient à cœur, tu vois. Moi, je ne suis pas là juste pour tirer un coup, baiser comme un lapin et puis m'en aller.

Sa vulgarité soudaine m'a choqué.

— Mais moi non plus… je ne comprends pas pourquoi tu dis ça.

— Moi, je ne pense pas avec ma bite, a-t-il continué, les yeux écarquillés.

— Mais moi non plus, arrête !

J'ai eu chaud d'un coup. Je n'aimais pas hausser la voix. Il me semblait toujours être le premier violenté par ma propre colère. Franck allait répliquer, mais Laura est réapparue sur la terrasse. Il s'est penché vers moi.

— Motus, d'accord ?

Puis il s'est tu, toujours penché, comme pour prolonger en moi l'écho de ses paroles. Je me suis rendu compte qu'il avait mauvaise haleine. Une odeur rance de petits-fours crémeux. Le relent profond de sa pourriture cachée. J'ai eu envie de lui tenir tête. Après tout j'étais bien plus musclé, je pouvais lui faire peur, et même me battre si cela devait arriver. Mais j'ai eu honte d'une telle pensée et me suis ravisé.

— D'accord.

Nous sommes retournés danser. Franck est resté discret sur les premiers morceaux. J'évitais son regard ainsi que les gestes trop brusques. L'ambiance était désagréable. J'étais écœuré. Je voyais autour de nous tous les hommes qui lui ressemblaient, leur désir hargneux, leurs gueules de compétition, comme si rien ne les excitait plus que de s'écraser entre eux. J'hésitais à partir. Mais alors, insidieusement, Franck s'est de nouveau approché de Laura, la bouche entrouverte. À ce moment je ne sais pas ce qui m'a pris, peut-être était-ce l'alcool, un sursaut d'orgueil ou d'envie ; une détermination kamikaze m'a fait danser bien mieux, jouer des jambes, oser tous les mouvements qui me venaient, imposer mon corps sur la piste et finalement, avec évidence, tendre mes mains à Laura. Surprise, elle les a saisies. Nous avons dansé ensemble. Nos gestes se sont répondu, nous nous sommes rapprochés. J'ai jeté un œil vers Franck : il était toujours à côté de nous, bouche ouverte, figé dans une même boucle de danse comme un disque rayé. Nos regards se sont croisés. Un instant j'ai cru qu'il allait me sauter à la gorge, mais il s'est passé tout autre chose : sa mâchoire s'est tordue en une expression troublante de liesse et d'ahurissement mêlés, sa main s'est levée comme pour taper dans la mienne et me féliciter, comme si nous étions deux vieux frères et qu'il avait toujours cru en moi, quelque chose comme ça.

— Yes !

Nous l'avons regardé sans comprendre.

— Yes yes yes !

Il nous a pointés du doigt tels deux champions, puis s'est mis à nous tourner autour, tapant très fort dans ses mains, à s'en faire mal. Ce n'était pas seulement l'alcool, il était en train de vriller.

— Restez là vous deux, je reviens ! a-t-il hurlé.

Il s'est éloigné vers le bar en dansant. Laura m'a fixé avec stupéfaction. Nous avons éclaté de rire en même temps. Un instant de flottement a suivi. Nous nous sommes rapprochés encore. Nos corps se sont collés. Nous étions à deux doigts de nous embrasser.

— YES ! YES ! YES !

Franck était de retour avec trois shots fluorescents. Il les tenait en triangle au-dessus de sa tête. Il avait l'air d'un fou. Nous avons ri encore – grâce à lui, nous devenions complices. Laura a posé sa tête dans le creux de mon cou. Franck a alors poussé un long cri aigu, une sorte de youyou de joie déchirant. À cet instant j'ai cru qu'il allait s'effondrer. Il nous a donné les shots. Il a sifflé le sien en inclinant sa tête en arrière, sa queue-de-cheval virevoltant, puis il a balancé le verre à terre. Des gens l'ont regardé d'un air scandalisé. Laura s'est détachée de moi.

— Franck, ça va ?!

Elle riait toujours un peu, par politesse.

— Mais oui ! YES !

Il s'est remis à taper dans ses mains. Des bras l'ont poussé. Emporté par la marée, il a dérivé dans la foule et disparu.

— Qu'est-ce qu'on fait ?! m'a demandé Laura.

— Il faut peut-être le laisser !

Elle a hésité, puis :

— Tu veux qu'on sorte ?!

— Oui, tu veux venir chez moi ?! ai-je relancé d'un coup, sans réfléchir.

— Pourquoi pas !

Pour ne pas me laisser le temps d'être lâche, j'ai pris sa main et amorcé le départ. Elle a cherché Franck du regard.

— On lui dit au revoir, ou pas ?!

— On le reverra au club !

Je ne l'ai jamais revu. Franck est resté pour moi à errer éternellement dans les limbes de La Plage, à la recherche de nouveaux amis, de nouvelles proies, dansant et hurlant de rire, des larmes au fond de ses yeux saouls.

Avec Laura, sur le chemin du retour, nous avons peu discuté. Nous nous sommes à peine regardés. Un mouvement trop brusque aurait suffi, me semblait-il, à briser l'improbable équilibre qui nous emmenait tous les deux à mon appartement. Nous avons franchi le pont, le quai de Loire, les trois ronds-points, les petites rues, le centre-ville désert. La route si familière m'apparaissait sous un jour nouveau. Je sentais ma vie près de basculer, de démarrer pour de bon. À part mes parents lors de mon déménagement, le plombier et un technicien GDF, personne n'était jamais venu chez moi.

En entrant, j'ai allumé le plafonnier et réalisé pour la première fois à quel point sa lumière était blanche, désagréable, pareille à celle des toilettes de La Plage. Tout se voyait beaucoup trop. J'ai hésité à l'éteindre et à lui préférer ma lampe de chevet, mais c'eût été trop d'intimité d'un coup.

— C'est bien rangé, a dit Laura.

— Merci.

Nous avons retiré nos vestes et nous sommes installés à ma table. Je me suis agité encore un peu pour nous servir deux bières, puis, le bruit de la mousse s'éteignant lentement dans nos verres, il n'y a plus rien eu que nous deux, sans ombres, sans foule et sans musique. Laura a pris les devants : elle a lancé la conversation sur la soirée, puis sur nos métiers, puis sur d'autres choses que je n'ai pas beaucoup écoutées, trop occupé à la regarder, à me demander comment faire pour l'embrasser. Je ne savais pas. Je supposais pourtant que nous le voulions tous les deux puisque nous étions ici. Je buvais vite pour que l'alcool dissolve mes craintes, ou bien les siennes, que l'un de nous fasse le premier pas. Il n'y avait qu'à se pencher par-dessus la table, ou la contourner. Tout aurait été plus facile si nous avions été côte à côte. Là encore, c'est Laura qui a su manœuvrer. Elle est allée aux toilettes et, en ressortant, s'est assise naturellement sur le bord de mon lit. J'ai hésité un instant puis, au premier élan de courage, l'y ai rejointe. Nous nous sommes retrouvés tout proches, sans plus d'obstacles, sur ma couette bien bordée. Mes genoux tremblaient, je les ai serrés, continuant machinalement à boire dans mon verre vide. Un temps incalculable est passé. Il semblait que nous attendions un événement extérieur, assis à un arrêt de bus. À un moment enfin, je l'ai senti, Laura s'est tournée vers moi, alors je me suis tourné aussi, et nous nous sommes regardés, et nos yeux sont descendus sur nos bouches, et nos visages se sont penchés pour s'embrasser. Je ne savais pas faire. J'ai gardé les lèvres pincées. Laura me les a ouvertes délicatement avec les siennes. Un goût de salive m'a perturbé. Sa main s'est posée sur mon épaule, mon torse, mes abdos, palpant mes muscles qui sous ses doigts paraissaient fondre un à un, ne laissant que mon premier corps maigre et peureux. Elle s'est approchée de mon pantalon. J'aurais voulu en rester là pour cette nuit, c'était déjà bien assez, mais j'ai laissé faire, simplement demandé :

— On peut éteindre la lumière ?

— D'accord.

Je me suis levé. Il n'y avait que quelques pas jusqu'à l'interrupteur, je les ai faits lentement. J'ai rétabli la pénombre. J'aurais voulu avoir des volets pour la renforcer. Quand je me suis retourné, j'ai découvert Laura déshabillée, en sous-vêtements, qui m'attendait. J'ai marché vers elle. Elle a soufflé :

— Déshabille-toi…

Debout devant le lit, je me suis exécuté, vite et sans penser, comme si j'allais me coucher, retirant mon T-shirt, mon jean et mes chaussettes, en équilibre sur un pied. Je n'ai gardé que mon caleçon.

— Ça aussi…

La dernière fois que je m'étais retrouvé nu devant quelqu'un, c'était à l'âge de quatorze ans, dans les vestiaires du club de tennis de table où mes parents m'avaient inscrit, forcé de prendre une douche avec dix garçons inconnus, habitués, ricaneurs. Il m'a semblé que rien ne séparait ces deux nudités, comme si dix ans n'étaient pas passés, que j'étais encore un enfant. Nous nous sommes allongés sur le côté, frottés, nos sexes collés l'un à l'autre. C'était humide et agréable. Je n'en revenais pas d'être là.

— T'as des préservatifs ?

J'en avais un dans mon portefeuille, le même depuis très longtemps, ainsi qu'une boîte entière cachée dans le placard de ma salle de bains. Ils devaient tous être périmés. Ce n'est pas tant cette idée qui m'a retenu que la peur de paraître indélicat, comme si j'avais préparé mon coup, acheté ces préservatifs en pensant à Laura.

— Je ne crois pas, ai-je dit.

— Attends, je dois en avoir un dans mon sac.

Elle s'est levée. Je n'ai pas osé la regarder marcher. Je préférais encore l'abstraction de l'étreinte, noyer nos corps dans une proximité totale. C'est ce que nous avons fait. Elle m'a mis le préservatif, s'est allongée sur moi. La sensation a été conforme à ce que j'avais imaginé, chaude et enveloppante. Je n'en ai pas beaucoup profité, hors de l'instant, hors de moi-même. J'ai joui rapidement. Pour m'en excuser, j'ai voulu continuer autrement. Je me suis étendu à sa droite et l'ai caressée avec mes doigts. Je n'osais pas mettre la bouche. Je suis allé de plus en plus vite. Je sentais ma peau plus que la sienne, mon bras me brûlait, je ne savais plus où était Laura, elle était infiniment loin. J'ai senti qu'elle aussi voulait en finir. Nous nous sommes acharnés encore un peu, puis elle a posé sa main sur la mienne pour me demander d'arrêter.

Je me suis blotti contre elle. C'est là seulement que le bonheur est monté. Je ne demandais rien d'autre que cela, serrer quelqu'un dans mes bras. Le silence a duré, l'ombre s'est épaissie. Je n'étais plus dans ma chambre, je dérivais lentement, nos corps enlacés se confondaient, je ne savais plus ce qui relevait du mien, du sien, je m'endormais…

Puis elle a chuchoté :

— Je crois que je vais rentrer.

La phrase m'a fait mal. J'aurais voulu me réveiller le matin avec elle.

— T'es sûre ? Tu peux dormir ici, ça ne me dérange pas.

— Merci, mais je dormirai mieux chez moi.

— D'accord.

Elle s'est levée, rhabillée en silence. Je l'ai fait aussi, pour ne pas rester immobile. Elle a récupéré sa veste et son sac, rallumé la lumière et regardé partout avec minutie, comme si elle ne voulait surtout pas oublier quelque chose ici, surtout ne jamais revenir, ne jamais me revoir.

— Bon, bah, bonne nuit.

— Merci. Toi aussi.

Elle m'a fait la bise. Elle est partie. Son pas s'est éloigné dans l'escalier. Sous la lumière blanche, il n'y avait plus que mon lit défait, les bières vides sur la table, le bruit du frigo. J'ai pensé alors à La Plage, et je me suis vite couché pour vite y retourner.

Wassim

2008

Ce vendredi-là j'étais venu dès vingt et une heures pour profiter du calme avant le concert de David Guetta. La Plage était peu remplie. On voyait encore le sol. L'ambiance était fraîche. J'étais assis au bar en face d'Alicia, la barmaid. Elle était arrivée ici l'année passée. En débardeur, pull autour de la taille, toujours sobre, elle enchaînait les cocktails, discutait à la va-vite et tenait à une distance tranquille les hommes qui la draguaient. Cette idée ne m'avait jamais traversé, non qu'Alicia me déplaise – je la trouvais gentille, franche et élégante avec ses gestes précis –, simplement elle était de l'autre côté du comptoir, hors piste, indansable, et cette distance entre nous avait fait place à une relation précieuse, qualifiable d'amitié, bien que restreinte à La Plage. Elle était ma seule amie femme. Les relations désintéressées étaient ici assez cloisonnées, et j'interagissais plus facilement avec des hommes – quoique peu. En fait, Alicia était ma seule amie tout court.

— Je ne sais pas comment ils ont réussi à faire venir David Guetta… Il est quand même très quali' par rapport aux autres DJ qu'ils invitent d'habitude. Peut-être qu'il connaît le proprio, ou qu'il a un attachement émotionnel à la ville… En tout cas, ça va faire une grosse pub à la boîte. À mon avis ce soir il va y avoir du niveau, prépare-toi…

Elle m'a glissé un gin to' gratuit et s'est éloignée pour aider son binôme, à qui je ne parlais jamais. Pivotant sur mon tabouret haut, j'ai regardé les femmes qui dansaient.

Je rêvais d'une petite amie, d'une personne à qui tenir la main, avec qui aller au cinéma, faire des promenades et l'amour en plein après-midi. Je n'en trouvais pas ici. Certes il m'arrivait de temps en temps, grâce à mes progrès sur la piste, d'embrasser une partenaire de danse et de terminer la soirée chez elle ou chez moi, mais les relations en restaient là, elles ne passaient jamais la nuit ; au réveil, j'espérais une suite, ou plutôt un commencement véritable, ne serait-ce qu'un petit déjeuner, un échange de numéros ou un baiser en partant, comme font les couples quand ils se disent au revoir, à bientôt – mais rien. Je ne retenais personne. Tout s'achevait au matin, je me retrouvais seul, parfois dans le désordre pénible et soudain étranger de mon studio, parfois dans un quartier inconnu, d'où je me rendais au travail sans manger, en gueule de bois, coupable et ressassant : Avais-je mal fait l'amour, mal discuté, mal donné envie de me revoir ? C'était probable.

Les conditions ne m'étaient pas favorables, souvent tard dans la nuit, saouls et comme pressés d'en finir ; il m'aurait fallu plus de temps, plus de douceur. Peut-être me trompais-je simplement d'endroit. Il se pouvait que la plupart des gens en boîte ne cherchent rien d'autre que cela, un coup d'un soir, comme on dit, renouvelable sous conditions que je ne remplissais pas. Il y avait d'autres manières de faire des rencontres. Il y avait Meetic, les bars, la rue, les vacances. À ces idées cependant, je butais toujours sur le même problème : comment établir le premier contact sans danser, comment allumer l'étincelle ailleurs que sur la piste ? Tous les lieux alentour dégageaient quelque chose de fermé, de privé. Non, je n'étais capable d'approcher les gens, de les regarder dans les yeux, de leur tendre la main rien qu'à La Plage. Alors j'y retournais, trois fois par semaine désormais, du jeudi au samedi, en plus des jours fériés, sans désespérer.

Vers vingt-deux heures nous a rejoints un ami d'Alicia : Wassim, peut-être vingt-huit ans comme moi, grand, musclé façon nageur, le visage sympathique. Il portait une chemise bleu marine rentrée dans un pantalon de toile de la même couleur, ceinture apparente. Seules ses Stan Smith étaient décontractées. Il semblait sortir tout juste du travail, avoir déposé son attaché-case au vestiaire et s'être arrangé pour ne pas paraître trop sérieux. Les présentations faites, il a commandé un mojito et voulu aller fumer. Alicia déjà débordée, j'ai dû l'accompagner seul au fumoir. Je craignais que nous n'ayons rien à nous dire mais il a pris les devants naturellement, s'allumant une cigarette :

— T'es déjà venu ici ?

— Oui, je viens plusieurs fois par semaine.

— Ah ouais, t'es un vrai clubbeur. Et tu ne sors jamais ailleurs ? Dans des bars, des appartements…

— Non, je n'aime pas trop.

— Je comprends. Il ne doit pas y avoir grand-chose ici, en plus. Ça a l'air d'une ville un peu morte. Et d'autres boîtes dans d'autres villes, ça ne t'intéresse pas non plus ?

— Je suis bien ici.

J'avais essayé une fois. J'étais allé en bus jusqu'au Pili-Pili, dans la campagne à quinze kilomètres de chez moi. Là-bas tout m'avait paru étranger : l'architecture, les dimensions de la piste, la musique, les points stratégiques, la forme des verres et le goût du gin. Je m'étais retrouvé perdu comme à ma première Plage, forcé de tout reprendre à zéro. Ç'avait été une sale nuit.

— À force de venir, tu dois être un peu connu ici ?

J'ai voulu balayer humblement l'air d'un revers de main mais je me suis senti prétentieux, alors j'ai changé mon geste en cours et me suis passé une main dans les cheveux.

— Je connais un peu de monde, oui.

C'était faux, je connaissais Alicia et les videurs, voilà. Les autres visages changeaient tout le temps. La ville était assez grande pour ça.

— Ne me dis pas que tu connais David Guetta ?

— Non, quand même pas.

— Je rigolais. En tout cas c'est cool que tu sois fidèle à la même boîte. Je trouve ça beau.

Il a souri. J'appréciais qu'il cherche à me connaître à travers La Plage, sans me demander ce que je « faisais dans la vie ». Cette question tombait souvent en premier. Je n'aimais pas y répondre. Je ne me sentais pas défini par mon métier. Un ennui profond m'accablait dès que ce genre de sujet prenait la place de la fête, comme quand j'étais enfant et que les adultes se mettaient à parler de politique à table. J'ai relancé :

— Et toi, tu viens souvent ?

— Non, c'est la première fois. J'habite à Paris. Je sors là-bas, mais pas dans le même genre d'endroits. Ce soir, je viens pour Guetta. J'adore ce qu'il fait. T'aimes bien, toi ?

— Oui… C'est quali', ai-je tenté.

Je n'avais pas d'avis. Pour moi toutes les musiques qui passaient à La Plage se ressemblaient. Peu importait la mélodie ou les paroles : seul comptait le beat. Je pouvais bien danser sur du David Guetta, Lady Gaga, Pitbull, Magique System, Akon, Justin Timberlake ou n'importe quoi tant qu'il y avait un beat régulier. Les autres genres étaient rédhibitoires. J'avais essayé. J'avais écouté Mozart, Pink Floyd et tout ce qu'Internet me proposait quand je tapais « best music of the world ». Rien ne s'était produit. Même en me forçant je n'avais pas été touché. Il me fallait une pulsation, sans quoi la musique n'était qu'une vapeur.

Wassim a changé de position, semblé réfléchir, porté une main à sa poche.

— J'ai de l'ecsta, ça t'intéresse ?

— Du quoi ?

— De l'ecstasy.

— Ah oui, de l'ecstasy, j'avais mal entendu.

J'ai rougi. Je n'en avais jamais pris. Ces choses-là me faisaient peur. Je voyais parfois des dealers zoner sur le parking ou jusqu'aux toilettes de la boîte.

— Alors, ça t'intéresse ?

— Pourquoi pas.

— On peut prendre un taz maintenant, si tu veux. Comme ça, ce sera monté pour le début du concert.

— Bonne idée.

D'un petit sachet en plastique il a sorti discrètement deux comprimés de couleur. J'ai paniqué en silence, affecté un air détaché. Comment fallait-il procéder ? Je me rappelais les premières cigarettes que Vincent m'avait données au lycée alors que je ne savais pas fumer. Ça continuait. On me donnait des choses à inhaler, ingérer, absorber, et je devais m'en débrouiller sous le regard de ceux qui guettaient l'erreur, comme s'il y avait quelque honneur à consommer, comme si la drogue ou l'alcool était un artisanat viril, une compétence, un courage en soi. Mais Wassim, lui, m'a paru bienveillant. Il a gobé son comprimé avec une gorgée de mojito et je n'ai eu qu'à l'imiter.

— Merci.

— Plaisir.

Nous y sommes retournés. La musique était meilleure, les gens arrivaient, ça se réveillait. Un sourire m'a échappé. L'équilibre ne devait pas tenir à grand-chose : style des lumières, densité de l'air, texture des sols, je me sentais là chez moi, c'était le paramétrage idéal auquel le dehors se refusait. J'ai fait irruption sur la piste en dansant légèrement, croisé des regards, senti monter cette excitation irremplaçable : la soirée commençait.

Pour le moment, j'avais envie de rester avec Wassim. Apercevant un photographe officiel au loin, je lui ai proposé que nous fassions une photo ensemble. Il a ri, surpris, et m'a suivi. Ces photographes déambulaient certains soirs avec leurs appareils. J'avais l'habitude de me glisser subtilement dans leur champ afin qu'ils me flashent sans que j'aie à demander. Parfois, alcoolisé, je trouvais le courage de venir poser directement avec un groupe d'inconnus. Il fallait une certaine souplesse pour s'incruster ainsi dans le cadre, par les côtés ou par le bas. Je prenais toujours la même pose : pouce levé, muscles contractés, visage sérieux mais sourcils haussés, comme étonné d'être là. Si mon voisin n'était pas hostile, j'interagissais avec lui, le pointais du doigt ou le tenais par l'épaule. Je passais comme ça d'une photo à l'autre, fourré dans tous les coups, comme le personnage de *Où est Charlie ?*. Je multipliais les actes de présence. Le lendemain, les photos étaient publiées sur un site officiel, « Soon Night », bien retouchées, bien brillantes. Tout le monde était beau dessus. Je cherchais les miennes et les postais sur mon mur Facebook. J'ajoutais un commentaire selon l'inspiration : « Grosse soirée hier » ; « Au top sur la piste » ; « Fraîcheur maximale », etc. Je ne récoltais pas beaucoup de likes, car je n'avais pas beaucoup d'amis. Quatre-vingt-treize pour être précis. C'étaient surtout des anciennes connaissances du lycée ou du BTS, quelques clients de Bodymax et un peu de famille. Ma tante, que je connaissais à peine, commentait parfois mes photos : « Tu as l'air de beaucoup t'amuser. Bises. Christiane. » Je supprimais discrètement.

— Souriez !

Wassim a pris la pose naturellement, pouce levé, sourire tranquille. Je me suis senti fier d'être photographié à ses côtés. Il y avait quelque chose de crédible à ce que nous soyons amis. S'en faire ici n'était vraiment pas facile. La plupart des gens ne semblaient pas intéressés. Ils en avaient déjà. Ils venaient pour autre chose. Cela, je le comprenais bien, mais était-ce une raison pour négliger l'amitié ? Au bar, au fumoir, sur la terrasse, les relations s'ébauchaient aisément mais ne duraient jamais plus de quelques minutes. La foule brassait les corps. Ceux qui s'enfonçaient dedans réapparaissaient rarement, comme des nageurs noyés. Dix mètres ici équivalaient à l'infini. Le problème, au moins, contenait sa consolation : il y avait toujours de nouvelles personnes à rencontrer.

Nous sommes retournés au bar pour boire en attendant le début du concert. Wassim s'est présenté davantage. Il était responsable marketing chez Franprix, une marque de grandes surfaces qui n'existait pas ici. Il aimait la musique et le sport. Il vivait seul. Il était vraiment très gentil. J'avais hâte de le voir danser. Là seulement je le rencontrerais pour de bon. Une heure sur la piste valait mieux que tous les CV, les discussions, les listes de passions, les cartes d'identité.

À minuit, David Guetta est arrivé. Tout le monde s'est mis à hurler. Il y avait dans l'air, signe des grands soirs, une joie électrique et féroce, quasi vengeresse, comme si chacun venait jeter là sa frustration accumulée durant la semaine, la piétiner au sol. C'est à ce moment que j'ai commencé à ressentir les effets de la drogue. Mon corps a chauffé, j'ai paniqué, cru perdre tout contrôle, puis, d'un coup, me suis stabilisé. La température s'est adoucie. Les distances se sont raccourcies. Il m'a semblé que je pétillais. Une bouffée d'amour m'est venue pour le monde entier.

David Guetta – *Love Is Gone*

Wassim dansait très bien. Je ne discernais chez lui aucune boucle, aucune routine. Beaucoup de personnes ici se contentaient d'enchaîner quelques mouvements familiers. On pouvait les repérer. J'avais les miens : coudes serrés et poings levés façon garde de boxe, paumes ouvertes l'une après l'autre pour marquer le rythme en contretemps, pouces calés dans la ceinture pendant les transitions. Wassim, lui, paraissait évoluer en continu, comme une longue mélodie. Il improvisait. Plus surprenant encore : il souriait. Peu de gens souriaient en dansant. C'était une affaire trop sérieuse. La plupart avaient cet air à la fois concentré et renfrogné, celui que l'on a quand on se masturbe, ce qui donnait parfois à La Plage une allure d'église morose. En plein milieu de la piste, Wassim souriait comme s'il était heureux. Il rayonnait. Les regards s'arrêtaient sur lui, des femmes cherchaient sa présence. Il entrait dans leur jeu sans draguer, attrapait des mains, passait d'un corps à l'autre, créait un mouvement commun. On aurait dit qu'il se fichait de plaire, qu'il était là seulement pour danser. Je n'avais jamais vu ça. Béat, j'ai essayé de l'imiter, laissant la musique guider mes mouvements. C'était étonnamment facile. Wassim me rendait meilleur par sa simple présence. Le son coulait. Les cheveux blonds de David Guetta ondulaient au-dessus de ses platines. Les lumières, les couleurs, le rythme et les corps se confondaient avec moi. J'en ai même oublié ce que je venais chercher là.

Le bonheur a culminé au moment de *Love Is Gone*, ma chanson préférée. Guetta a demandé, sa voix résonnant comme dans un stade : « Est-ce que vous êtes chauds ce soir ?! », et spontanément, sans gêne aucune, je me suis joint au hurlement général, tandis que des basses venues du fond de la Terre secouaient le sol et nos entrailles. Wassim, lui, n'a pas ouvert la bouche ; je l'ai vu, tête levée, qui regardait le plafond – jamais personne ne regardait le plafond, je ne savais même pas à quoi il ressemblait, alors j'ai levé la tête aussi, j'ai vu un amas de câbles, de gouttières et de projecteurs, puis Wassim m'a tiré par le bras pour que je le suive, et j'ai compris : il avait repéré une bouche d'aération. Pile en dessous, nous avons continué à danser dans un vent frais, tombé du ciel. C'est là que j'ai ressenti précisément pourquoi j'aimais tant ça. Je le savais depuis longtemps sans jamais me l'être formulé : dans la danse, la vie s'ordonnait, se réglait en un système de rythmes et de mouvements dont même les ruptures répondaient à une logique ; c'était comme un quadrillage géant, un filtre familier posé sur ce qui partout ailleurs relevait pour moi de l'immaîtrisable.

À la fin du morceau, Wassim s'est penché à mon oreille et m'a dit qu'il voulait retourner fumer. Nous avons quitté la piste, fendant la foule. Au fumoir, il faisait tout aussi chaud. Les volutes étouffaient la lumière. La musique persistait en sourdine derrière la porte.

Wassim fumait dos au mur.

— Tu danses vraiment bien, ai-je dit.

— Merci. Tu te débrouilles pas mal non plus.

— J'ai jamais vu quelqu'un danser comme ça.

— Tu veux que je te dise le secret ? Faut penser aux hommes des cavernes.

Je l'ai interrogé du regard, captivé. Il a tiré une longue latte, les yeux fermés, avant de continuer :

— En gros, au début de l'humanité, les gens dansaient tous ensemble pour des rituels divins. C'est ça, l'apogée de la danse. Toute la suite, c'est que de la dégringolade. Je te la fais courte. Les Grecs arrivent et commencent à dire que tout ça c'est beau. Ça devient un art. Forcément, plus tard, les rois s'y intéressent comme des suiveurs. Ils demandent à voir des spectacles, et on leur invente le ballet. Finie la transcendance. Au XIXe, il y a Johann Strauss qui se pointe. Le plus gros DJ de l'histoire, c'est lui. Son truc, c'est la valse. Avec ça, les gens arrêtent de danser en groupe et commencent à danser en couple. Forcément, tout le monde s'excite un peu. Ça devient de la drague. Tout s'accélère : tango, swing, rock, invention des boîtes de nuit. Le slow apparaît. Ça ressemble à un rapprochement, mais en fait c'est l'inverse : chaque couple s'isole dans sa bulle. Plus rien de commun. On dirait qu'on a touché le fond, mais le pire arrive : les ordinateurs qui amènent la techno, Jeff Miles et tout ce qui suit. Ça crée de la danse solo. Chacun reste dans son coin. Voilà à peu près où on en est. Si ça continue, dans trente ans les boîtes auront disparu, tout le monde dansera chez soi à travers un écran. Je ne veux pas de ça. Alors il faut revenir au temps des cavernes où on dansait en rond, pas pour draguer, même pas pour s'amuser, mais simplement pour être tous ensemble… dans une sorte de moment divin. Voilà. C'est ma théorie. Elle vaut ce qu'elle vaut. T'en penses quoi ?

Je buvais ses paroles.

— Je suis d'accord… T'as l'air de beaucoup t'y connaître.

— J'aime bien ces trucs-là. Je ne sais pas grand-chose, à part ça.

Il s'est rallumé une cigarette. J'ai cherché quelque chose d'intelligent à dire.

— Mais alors, quand tu danses… c'est vraiment juste pour danser ?

— Oui.

— Aucun jeu de séduction, rien ?

Ça l'a fait sourire.

— Après, je dois t'avouer que pour ces choses-là, cette boîte, c'est pas le meilleur endroit pour moi.

— Pourquoi ?

— C'est pas vraiment mon genre.

— Comment ça ?

Il a haussé les sourcils, comme si c'était évident. Je n'étais pas sûr de comprendre.

— Je préfère les gars.

Surpris, j'ai tenté de rester impassible.

— Ah ouais ?

— Ouais. Et y en a pas ici. Pas ce genre-là.

— Qu'est-ce qui te fait dire ça ?

— Il suffit de regarder autour de soi.

J'ai regardé autour de moi. Ça l'a amusé.

— Alors, t'en vois ?

— Je ne sais pas.

Il m'a souri. Il y avait dans ses yeux plongés sur moi une intensité troublante, comme s'il faisait exister mon corps à travers eux, me donnait consistance. J'ai senti qu'il me désirait. Alors l'idée m'a traversé l'esprit que je pouvais l'embrasser. Là se trouvait peut-être la solution à mes problèmes, à mes lendemains impossibles. Il se pouvait que je me trompe depuis le début, que je fasse fausse route sans le savoir. Je devais essayer au moins. Je m'en jugeais capable, ici, maintenant. Nos regards se sont fixés.

— T'es sûr de toi ?

Je n'ai rien dit. Il s'est rapproché et m'a embrassé doucement.

Non, cela ne m'a rien fait de particulier, a même stoppé toute l'intensité de la soirée, dont j'ai compris qu'elle venait de la drogue, rien que de la drogue étalée sur ma solitude. Wassim a dû s'en apercevoir et s'est détaché.

— Pardon, ai-je dit.

— Ça ne me surprend pas. Je me disais bien que ce n'était pas ton genre.

— J'ai cru que j'avais envie, mais en fait je ne crois pas. Je suis un peu perdu.

— T'inquiète. Ça me fait plaisir que tu sois sincère. C'est ce qui manque. Si on n'a pas envie, faut pas le faire. Moi aussi parfois, je me force en boîte. Je crois que c'est ça qui me rend triste. Faut que j'arrête. La seule chose que je veux, au fond, c'est être amoureux.

Ses paroles m'ont touché.

— Moi aussi.

Sans prévenir, un trait d'émotion m'est remonté droit du cœur à la gorge. J'ai souri pour éviter de pleurer. Wassim l'a vu. Il a posé une main sur mon épaule.

— Tu galères avec ça ?

— Un peu.

— T'inquiète, tu vas trouver. T'es beau, tu danses bien. C'est juste que t'as pas l'air ordinaire. Alors il te faut quelqu'un de pas ordinaire non plus. Ces gens-là, ils ne se voient pas bien dans la foule. Mais ils sont là. Tous les soirs il y en a. Il suffit de les trouver, avec un peu de chance, ou un peu de temps.

Il a regardé son portable.

— Je vais y aller. L'ecsta commence à redescendre et je n'ai pas envie d'en reprendre. C'était une bonne soirée. Content de t'avoir rencontré. Prends soin de toi.

Nous nous sommes dit au revoir comme deux amis mais j'ai senti qu'on ne se reverrait pas. Je ne connaissais même pas son nom de famille. Wassim. Il est parti.

Trois heures du matin. Je n'avais pas vu le temps passer. Des gens me regardaient. Dans la lumière blanche du fumoir, leurs corps m'ont tous paru soudain trop présents, lourds, collés au sol. J'étais faible et j'avais froid. Pour retrouver un état stable, je suis retourné sur la piste. Elle était bondée. Tout le monde sautait en rythme sur *Baby When the Light*. Je me suis fondu dans la masse, m'efforçant de danser comme l'avait fait Wassim, généreux, fluide, serein. Il avait dit : *tu vas trouver*. Autour de moi les visages tournoyaient, si nombreux, si beaux. La boîte était comme le grand tambour d'une machine à laver. Il suffisait d'y rester. Se laisser faire par elle.

Sylvain

2010

Le soir de mes trente ans, mes parents m'ont fait la surprise de réunir un peu de famille à la maison : ma tante Christiane, mon frère Sylvain et Audrey. Tous deux vivaient désormais à Rennes, où ils avaient ouvert une boutique de location de vélos. Ils attendaient un bébé. J'en serais le parrain. L'idée me semblait assez abstraite. J'en tirais une sorte de fierté automatique, teintée de mélancolie douloureuse.

À l'apéritif, on m'a donné mes cadeaux. Ces dernières années, nul ne sachant plus quoi m'offrir, on se contentait de me glisser des petits chèques dans des enveloppes colorées, mais cette fois-ci tous avaient tenté quelque chose : de mon frère et Audrey, j'ai reçu deux T-shirts Colorful Standard simples et bien coupés ; de ma tante, une bouteille de champagne à réserver pour une belle occasion ; de mes parents, une lampe sur pied pour mon appartement. Ma mère, fébrile, m'a dit que je pouvais la changer, mais je l'ai rassurée, la lampe me plaisait, ou plus exactement elle ne me dérangeait pas, je n'avais aucun goût pour ce genre d'objet. Quand, une ou deux fois par an, elle passait chez moi au prétexte d'un café, elle s'inquiétait toujours de l'absence de décoration, craignait que ce vide affecte mon humeur, ou la reflète telle qu'elle la redoutait. Mon appartement servait à dormir, manger, patienter entre deux nuits à La Plage. Quand je serais enfin en couple, pensais-je, viendrait le temps de décorer, voire de déménager.

Au cours du repas, je le savais, deux sujets de conversation pouvaient me tomber dessus, probablement par le biais de ma tante : mon corps et mes soirées. Le premier est arrivé quand je me suis resservi du poulet. Christiane a dit que j'avais beaucoup d'appétit, sans doute par besoin de protéines ; d'ailleurs, prenais-je aussi des compléments alimentaires ? Je m'en suis sorti avec les arguments habituels : oui mais c'est naturel, de la protéine de lait en poudre, rien à voir avec les stéroïdes. Elle a paru cependant continuer à douter de l'authenticité de mon corps, comme si je trichais ou l'avais volé quelque part. Je n'étais pas crédible à ses yeux. Elle me connaissait depuis assez longtemps pour m'avoir vu changer, se souvenir de moi maigre. Ça se voyait encore sur ma tête : fine et fragile, elle rappelait ce que j'avais voulu cesser d'être, faisait sonner faux mes gros bras, mes gros pecs, mon dos large et toute cette fourrure de muscles jetée sur mes os. Mes parents eux-mêmes n'arrivaient plus à masquer leur gêne. Mon père surtout. Il écoutait ma tante et n'en pensait pas moins. Avec les années, son optimisme à me voir sortir et faire du sport s'était affaissé, mué en une sorte d'incompréhension, de condamnation muette. Son sourire s'était crispé comme devant une bonne blague qui dure trop longtemps. Il trouvait que je m'enfermais là-dedans. J'évitais le sujet. À force, on se parlait de moins en moins.

Au dessert, les choses se sont gâtées. Christiane, sans doute chauffée par le muscadet, a eu l'idée de me demander :

— Et sinon, Arthur, comment ça va les amours ?

J'ai gloussé comme un vieil ado coincé. Mes parents ont fait les morts. Audrey m'a adressé un bref sourire compatissant. Elle était toujours très gentille avec moi, presque trop, comme si je lui faisais de la peine.

— Tu as une petite amie ? a insisté ma tante.

— Pas vraiment.

J'avais Marlène, pourtant. Notre relation, quoique très incertaine, devait suffire à ce que je l'appelle « ma copine » devant eux. Marlène, je leur en aurais parlé tout le reste du dîner si j'avais osé. Mes parents auraient été contents. Ils n'attendaient que ça. Ils voulaient la preuve que ma vie choisie menait quelque part, ils voulaient être rassurés, remboursés de toutes ces années à me pousser eux-mêmes vers les rencontres et la fête. Un mot aurait permis de tout apaiser : Marlène. Mais je ne l'ai pas prononcé. Le fossé entre elle et eux était trop grand, l'idée de parler d'elle ici était aussi absurde que de les imaginer danser à La

Plage. Ces deux mondes ne communiquaient pas. On disait bien d'ailleurs, pour désigner deux choses opposées : « c'est le jour et la nuit ».

— Je suppose que tu fais quand même beaucoup de rencontres, a continué ma tante.

— Ça va.

— Tu sors toujours autant en discothèque ?

— On dit plutôt « boîte de nuit », a glissé ma mère.

— En boîte de nuit, bien sûr. Alors, je me demandais : est-ce qu'on peut faire une *vraie* rencontre en boîte de nuit ?

— Bien sûr, est intervenu Sylvain. C'est fait pour ça.

— Je veux dire : une rencontre qui débouche sur un couple, pas simplement sur un flirt.

— Il faudrait voir les statistiques, a-t-il poursuivi, mais je pense que oui, beaucoup de couples sont nés en boîte de nuit.

— Toi, Arthur, tu serais prêt à rencontrer la femme de ta vie là-bas ?

J'ai haussé les épaules et me suis senti rougir.

— Oui.

Il y a eu un silence. Je me suis resservi un verre et j'ai fixé le vide d'un air absent pour que Christiane n'ose pas me relancer. Elle m'observait de son regard ethnographique. Audrey a voulu m'aider :

— Moi, je trouve ça un peu violent, cette injonction à se mettre en couple. Comme si c'était obligé. Alors qu'on peut vivre très heureux sans ça.

— Ah d'accord, a fait Sylvain. Bon bah moi je crois que je vais y aller...

Il a fait mine de se lever de sa chaise et tout le monde a ri. Il s'est vite rassis, a caressé le bras d'Audrey. Je les ai regardés et ils m'ont fait envie. Ils ne se tenaient pas la main ni la taille, s'embrassaient rarement devant nous, et cette distance racontait en creux leur amour, le temps infini dont ils disposaient pour s'étreindre, l'absence de toute urgence et le champ laissé libre au silence, aux plaisirs simples, à la solitude désirée. J'aurais voulu, comme eux, être suffisamment serein pour pouvoir penser à autre chose, avoir parfois le temps de ne pas avoir envie d'aimer.

Avant minuit, tout le monde est allé se coucher. Il était prévu que je dorme aussi sur place, bien que j'habite à vingt minutes à pied. Je n'aimais pas retourner dans ma chambre d'ado. Chaque fois, une tristesse confuse m'envahissait à la vue de mon vieux bureau, de mon poster de New York, de ma collection de BD et de toutes ces choses laissées en plan comme si j'étais mort. Traînant dans la cuisine, j'ai ressorti le muscadet. Ce n'était pas du gin mais ça se laissait boire. J'étais un peu saoul. Les autres croyaient l'être, ils s'amusaient d'avoir trop bu et redoutaient le lendemain mais ils n'étaient pas saouls, ils ignoraient ce qu'était une vraie fête, une vraie gueule de bois. J'ai pensé à La Plage, elle m'a manqué. Coincé ici, j'avais la désagréable impression de rater une grande soirée, que quelque chose d'important se passait là-bas, sans moi, dans mon dos. Alicia m'avait dit une fois que cette angoisse avait un nom : FOMO, *Fear of Missing Out.* Les adolescents les premiers en souffraient depuis l'arrivée des réseaux sociaux.

La porte de la cuisine s'est entrouverte : c'était Sylvain.

— Qu'est-ce que tu fais là tout seul ?

— Je ne suis pas fatigué.

— Tout va bien ?

J'ai hoché la tête. Pas convaincu, il est venu s'asseoir en face de moi. Il a regardé le vin.

— Tu bois beaucoup, non ?

— C'est mon anniversaire, c'est normal.

Il a pris un air complice et s'est servi un verre, mais j'ai senti qu'il n'en avait pas envie, que c'était une technique pour me mettre en confiance.

— C'était une bonne soirée.

— Oui.

— Même si Christiane était un peu lourde.

Plissant les yeux, il l'a imitée :

— Dis donc, Arthur, il faudrait que tu m'emmènes en discothèque un de ces jours !

J'ai souri gentiment.

— Tu sais... je trouve que t'as pas l'air en grande forme, ces temps-ci.

Et voilà. Sans doute, mes parents l'envoyaient. Il était leur émissaire. Il venait me dire ce qu'eux n'osaient plus.

— Des fois je me dis que tu devrais essayer de changer un peu d'air… Je ne sais pas, voyager, voir du pays… Et puis, surtout, je repensais à ce dont parlait Christiane… Sur le couple et tout ça… Bon, c'était maladroit, mais dans le fond elle n'avait pas tort… Peut-être que ça te ferait du bien de te poser un peu avec quelqu'un, non ?

J'ai pris soudain ma décision : je devais lui présenter Marlène. On n'en finirait jamais sinon. Il fallait se lancer. La présenter rien qu'à lui, dès cette nuit. Elle était assurément à La Plage, comme tous les vendredis. Il saurait en faire un récit édulcoré à mes parents. Tout le monde serait soulagé, moi compris.

— Ça te dirait de marcher un peu dans le centre-ville ?

— Bien sûr. Je vais prévenir Audrey et on y va.

Il fallait un certain courage pour sortir en décembre. Beaucoup de clubbeurs n'apparaissaient qu'aux beaux jours, comme les moustiques et les touristes. J'aimais La Plage à toutes les saisons. Chacune avait son charme. En hiver, passer le sas et laisser mon manteau au vestiaire me rappelait les chocolats chauds de l'enfance, la pluie sur les carreaux, les longs dimanches en pyjama devant la télé.

Lorsque notre promenade a débouché sur le quai, face au pont, Sylvain s'est tendu.

— Attends… tu m'emmènes où, là ?

— En boîte.

— Tu rigoles ?

— Non. Pourquoi ?

— Mais tout le monde est à la maison.

— Ils dorment.

Il m'a regardé comme si j'étais fou.

— Tu peux pas me faire ça, c'est glauque.

— Juste un peu, s'il te plaît. J'aimerais beaucoup te montrer. C'est l'occasion, le soir de mon anniversaire.

Il a réfléchi. J'ai dû lui faire pitié.

— J'ai pas la tenue pour ça.

— Moi non plus, mais c'est pas grave, c'est pas une soirée spéciale.

— Juste une demi-heure, pas plus, OK ?

Passé le pont, sur le bitume lisse et familier du parking, je me suis senti déjà mieux, du bon côté de la ville. Mon corps s'est détendu. Je me suis allumé une cigarette.

— Tu fumes ?

— Seulement en soirée.

Il faudrait que j'arrête un jour. Il était difficile de se passer de cette contenance, cette petite tige entre les doigts qui dispensait de parler, justifiait si bien la solitude au fumoir et partout ailleurs où l'on ne pouvait pas danser.

En approchant, Sylvain est redevenu mon petit frère. Il s'est mis à faire des gestes inutiles, sortir et ranger son portable, ajuster le col de sa chemise. J'ai eu envie de le rassurer.

— Tu vas voir, il y a une très bonne ambiance à l'intérieur.

— Je connais, je suis déjà venu quand j'étais au lycée.

— Ah, super ! Combien de fois ?

— Une seule.

Nous sommes arrivés à l'entrée.

— Salut, Alassane, ai-je dit au videur.

— Salut, Arthur, tu vas bien ?

— Ça va.

— Tant mieux, tant mieux.

Il a regardé mon frère qui lui souriait nerveusement.

— Y a un air de famille, je me trompe ?

— Enchanté, a dit Sylvain en lui tendant la main.

Alassane l'a serrée, amusé.

— Allez-y, bonne soirée, vous êtes chez vous.

— Bon courage, a lâché Sylvain en passant.

Il n'a pas relevé que je venais de le faire entrer gratuitement, ne l'a sans doute même pas remarqué. Me suivant dans le sas il s'est appliqué à ne s'étonner de rien, comme s'il connaissait bien l'endroit, mais c'était une technique que j'avais employée mille fois, je voyais qu'il n'était pas tranquille, que les basses montantes lui serraient la gorge. Cela m'a procuré un sentiment de légitimité. Ma vie se trouvait là, derrière la porte, et je m'apprêtais à la lui montrer.

Rihanna – *We Found Love*

— Va t'asseoir, je reviens dans cinq minutes !

Il est allé s'installer à une table en rasant le mur. J'ai filé au bar, dû jouer des épaules pour atteindre le comptoir assiégé par les gens qui avaient déjà été servis. J'ai demandé à Alicia si elle avait vu Marlène, elle m'a dit oui, vers le milieu de la piste – déjà très bourrée, a-t-elle ajouté.

Marlène était bien là, déchaînée. Je me suis arrêté un instant à distance pour la regarder. Elle était grande et tonique, le corps moulé dans une robe légère. Alicia la trouvait vulgaire, moi je la trouvais belle : j'aimais son nez anguleux, ses airs offusqués, sa façon de danser comme si elle était en colère. J'aurais aimé pouvoir mieux la décrire, parler de la personne qu'elle était vraiment, mais je n'en savais presque rien, ne connaissais que son corps dans l'obscurité de La Plage ou de sa voiture garée sur le parking. Je l'avais rencontrée ici il y avait de cela deux mois, sur la piste. Nous avions dansé fusionnés dès le premier instant, comme un couple qui aurait répété. Des gens s'étaient même arrêtés pour nous regarder. Elle m'avait embrassé, caressé, proposé de sortir et emmené jusqu'à sa voiture. Derrière les vitres teintées, Fun Radio à fond, nous avions fait l'amour. Elle s'était assise sur moi, agrippée à tout mon corps sans que je parvienne à croiser son regard, comme si elle se battait, les yeux fermés. Son orgasme m'avait fait jouir et aucune tristesse, aucun vide n'avaient suivi. Je m'étais collé à elle mais, se dégageant doucement, elle m'avait dit vouloir se reposer seule. J'étais parti sans insister – sans même lui demander son 06, stupidement, pour ne pas l'embêter. Les jours d'après je m'en étais haï, puis, le vendredi suivant, par miracle, elle était réapparue sur la piste et tout avait recommencé. Un rythme s'était mis en place. Pas de rendez-vous ni de lendemains. On se retrouvait au hasard des nuits, on passait de la piste à sa voiture et du sexe à rien. Pendant l'étreinte, je sentais bien que Marlène préférait mon corps à ce que j'étais réellement. Elle ne me regardait jamais, m'embrassait peu. Cependant cette histoire était différente des autres, j'en étais sûr. Mes sentiments grossissaient en silence. Bientôt je les lui avouerais. J'étais amoureux.

— Salut Marlène ! me suis-je exclamé en me glissant devant elle.

Elle était occupée avec un homme qui dansait vulgairement, bassin en avant et dos en arrière, écartant les mains comme s'il essayait de la bloquer dans un coin. Elle a poussé un cri en me voyant et s'est jetée dans mes bras.

— Arthur ! Je te cherchais partout !

Elle avait effectivement l'air bien saoule, peut-être aussi chargée en cocaïne. Parfois elle me proposait une trace aux toilettes et je refusais. Depuis le soir du concert de David Guetta, je n'avais jamais repris de drogue. Je craignais d'entrevoir trop violemment le bonheur ou quelque chose du genre. J'aimais mieux m'en tenir à ce qui était à ma portée.

— C'est mon anniversaire ! ai-je dit en dansant tranquillement.

— Sérieux ?! Mais faut fêter ça ! Viens, on se prend un carré VIP direct !

Je l'ai suivie.

— Je suis avec mon petit frère, je pourrais te le présenter ?

— À fond !

Anxieux, j'ai ajouté :

— Par contre, je ne lui ai jamais parlé de toi, donc peut-être qu'il vaudrait mieux lui dire qu'on est ensemble, pour simplifier les choses ?

— T'inquiète, je gère !

Penchée sur le comptoir, elle a crié à Alicia que c'était mon anniversaire et lui a demandé un carré VIP. Celle-ci nous l'a offert avec le champagne et un shot flambé en guise de bougie. Les portant à bout de bras, nous avons marché jusqu'aux banquettes royales, surélevées et fluorescentes, à l'ombre du palmier. En temps normal, s'asseoir là coûtait au moins cent euros. On dominait la boîte entière. On avait le monde à ses pieds.

Je suis allé chercher Sylvain. Il n'avait pas bougé, jambes croisées, son portable à la main.

— Viens, je vais te présenter quelqu'un !

Perplexe, il m'a suivi.

— Je te présente Marlène… ma…

— … sa copine ! a-t-elle crié en écartant les bras.

Il m'a regardé un instant avec incompréhension, puis s'est empressé de sourire et lui a tendu la main.

— Enchanté, Marlène !

Nous nous sommes installés. Elle a ouvert le champagne et jeté le bouchon en l'air.

— À l'anniversaire d'Arthur !

Sylvain a porté le toast, complètement dépassé. Moi, bien qu'un peu nerveux, je me sentais fier et heureux. Marlène avait un bras autour de ma taille. Nous ressemblions à un couple. Nous aurions pu être assis comme cela au restaurant, sur un banc, ou même à la table de mes parents trois heures plus tôt, tout le monde nous aurait vus comme un couple. J'ai repensé à la bouteille que m'avait offerte Christiane. C'était gentil. J'aurais aimé la boire chez moi avec Marlène. Au bout d'un petit silence, Sylvain s'est penché vers elle :

— Qu'est-ce que vous faites dans la vie ?

— Quoi ?!

— Il faut parler fort, Sylvain !

— Je disais, a-t-il crié en regardant autour de lui, qu'est-ce que vous faites comme métier ?!

J'ai écouté, curieux ; elle ne m'en avait jamais parlé.

— On peut se tutoyer, hein ! Je travaille dans une agence de voyages !

— C'est un secteur en expansion !

Elle a hoché la tête et ri légèrement. Il paraissait s'attendre à ce qu'elle lui demande à son tour ce qu'il faisait dans la vie mais elle n'a rien dit, s'est contentée de se resservir du champagne en me touchant la cuisse. J'ai commencé à me sentir mal. Sylvain s'est efforcé de continuer à sourire. Son visage crispé reproduisait involontairement ses expressions à elle, comme un spectateur de cinéma trop concentré.

— Et vous vous êtes rencontrés comment, tous les deux, si ce n'est pas indiscret ?

Elle a ri encore. J'ai essayé de lui faire un signe.

— En voyage ! a-t-elle déclaré.

— Ah bon ? Mais… où ça ?

— En… Croatie !

Sylvain m'a regardé, suspicieux. C'était trop. Je me suis levé brusquement.

— On va danser ?

Marlène a bondi. Il m'a dévisagé comme si je trahissais un pacte.

— Arthur, je préfère pas, c'est pas trop mon truc…

— Allez ! a fait Marlène. Faut te lâcher un peu ! Je suis sûre que tu danses aussi bien que ton frère !

— Ah ça, je ne pense pas !

Mais elle lui a pris le bras et il a dû céder. Nous nous sommes contentés du bord de piste. Pour réparer un peu les dégâts, j'ai tout donné en dansant avec Marlène, que mon frère sache au moins comme nos deux corps s'entendaient. J'adorais ça. Depuis ma rencontre avec Wassim, je privilégiais toujours la danse en duo à la danse solo. C'était un art de l'altérité : répondre aux mouvements d'en face, inventer des contre-rythmes, des échos, des synchronisations éclair. Quand je dansais, je me transformais. Je le voyais dans le regard des autres et dans le mur-miroir.

Je me trouvais plus beau. J'avais envie que le monde entier me voie, que le monde entier soit là.

Sylvain, impressionné, est resté raide face à nous, scotché au sol, battant la mesure du bout du pied.

— ALLEZ, SYLVAIN ! a hurlé Marlène.

Acculé, il s'est résolu à danser le strict minimum, le nez plissé par son sourire forcé. Il tapait dans ses mains au hasard, à contretemps, regardait autour de lui comme s'il cherchait un taxi. Ses yeux tombaient malgré eux sur des corps de femmes autour de lui, descendaient puis remontaient nerveusement, coupables, rivés en l'air. On aurait dit qu'il essayait de surnager dans une piscine. Ses jambes maigres et ses genoux saillant à travers le jean le rendaient un peu gauche. On regardait rarement les jambes des hommes. On regardait leur torse et leurs bras mais on sous-estimait le bas. Les jambes trop fines, trop longues, les jambes sans charme comme celles de mon frère ou de mon père m'irritaient, cristallisaient le souvenir de ce que j'avais été. En voyant Sylvain si perdu ici, je me suis senti loin de lui, comme de l'autre côté d'une vitre, et du même coup la tristesse m'a pris ; il n'aimait pas cet endroit, n'aimait pas Marlène, n'avait rien à lui dire et ne la reverrait jamais. Tout cela n'était pour lui qu'un passage, une faveur, une tête passée dans l'entrebâillement de mes nuits.

Profitant d'une transition entre deux morceaux, il s'est penché vers moi.

— Je vais rentrer !

— Déjà ?

— Oui, il est tard, je ne veux pas inquiéter Audrey ! Mais merci pour la soirée, c'était sympa ! T'es un sacré danseur ! Et puis je suis content d'avoir rencontré ta…

Il n'a pas réussi à finir sa phrase et m'a simplement désigné Marlène. Il l'a saluée d'un bref signe de la main, auquel elle a répondu sans cesser de danser.

— Ne rentre pas trop tard chez les parents, s'il te plaît ! Ce serait bien que tu sois en forme pour le brunch !

Il s'est éloigné, cheminant délicatement pour ne toucher personne, comme s'il s'éclipsait d'une rangée de sièges au milieu d'un spectacle.

— Il est pas super fun, ton frère ! m'a dit Marlène en reprenant mes mains.

Je n'ai pas répondu. Je me suis contenté de danser avec elle pour ne penser à rien.

Les morceaux se sont enchaînés, le temps s'est dilaté. Au bout d'un moment l'excitation est montée, alors j'ai dit :

— J'ai envie de toi…

— Viens…

Dehors il pleuvait. Talons hauts, coiffures au gel, chemises repassées se pressaient pour rester au sec. La boîte était un îlot, ses néons brillaient sur le bitume et sur la Loire. Toute la ville autour était l'averse. Nos manteaux sur nos têtes, nous avons couru jusqu'à la voiture de Marlène. Elle a mis Fun Radio à fond et nous nous sommes déshabillés. Cette fois-ci, pendant que nous faisions l'amour, l'émotion m'a submergé et les mots sont sortis dans un souffle :

— Je t'aime…

— T'as dit quoi ?

— Je… rien…

Elle s'est arrêtée. Elle a éteint la musique.

— Arthur, j'ai entendu. Faut pas dire un truc comme ça…

— Pourquoi ?

— Je sais pas… Ça me coupe… C'est trop… Tu peux pas m'aimer, on se connaît à peine.

Elle s'est détachée. Son corps était raide. Je sentais mon menton trembloter. L'instant était grave et j'aurais voulu au moins que nous le vivions comme tel, mais Marlène n'affichait qu'un air embêté, violemment trivial. Je n'ai pas essayé de la convaincre. J'avais peur de la refroidir davantage. Déjà mes espoirs se réduisaient à ce qu'elle n'emporte pas un trop mauvais souvenir de moi.

— Désolée.

— C'est moi qui suis désolé, je ne sais pas ce qui m'a pris.

— C'est pas grave, on oublie. Je suis fatiguée maintenant. Je vais rentrer.

— Tu ne devrais pas conduire, tu as bu… Il vaudrait mieux appeler un taxi.

— T'inquiète, je gère.

Je l'ai laissée faire. Elle rentrait toujours comme ça.

— Fais attention à toi. Bonne nuit, Marlène.

Elle m'a regardé avec une sorte d'attendrissement, donné une caresse sur le bras, puis a commencé à se rhabiller. Je suis sorti. Derrière la vitre teintée, elle m'a semblé disparaître. Sa voiture a démarré, passé le pont, longé le quai, disparu.

J'ai marché un peu dehors. Le corps crispé, j'ai attendu que la douleur monte, comme lorsqu'on vient de se cogner l'orteil contre un meuble. Un nœud s'est fait dans ma gorge, ma poitrine s'est soulevée, tout ce qui se trouvait devant moi m'a paru triste et vain : les parapluies qui traversaient le parking en courant, les clients sous l'auvent, la ville déserte. Ce devait être cela, un chagrin d'amour. Je ne savais pas où aller. L'idée de rentrer chez mes parents me glaçait : traverser discrètement le couloir, mal dormir, me réveiller en retard, prendre un Doliprane en cachette, descendre et trouver la famille fraîche et joyeuse dans le jardin, affronter le regard de Sylvain, éviter celui de mon père, sentir celui de ma mère, mentir encore, ne pas pouvoir pleurer.

J'ai sorti mon portable : il était une heure du matin. Ce n'était plus mon anniversaire. La boîte en revanche était ouverte encore jusqu'à six. Il restait presque une nuit entière. Je ne voyais pas de meilleure option. J'ai arrangé ma coiffure, pris un chewing-gum, et je suis retourné danser.

Isabelle

2014

Le temps passait plus vite qu'avant. Je le sentais à tous les niveaux, soirées, semaines, mois, saisons, années. Je me souvenais des mercredis de l'enfance et des vacances d'été sans fin. Je commençais à entrevoir la durée effective d'une existence, à en pressentir les contours, à comprendre que tout irait plus vite que prévu et qu'en conséquence il valait mieux se presser un peu pour ne pas mourir seul. Les autres fonçaient. Je le voyais sur Facebook. Sur les profils de mes contacts, les photos de soirées et de cuites avaient insidieusement laissé place à celles de leurs couples, de leurs enfants, de leurs familles déjà complètes et de leurs maisons de lotissement qui se ressemblaient toutes, comme s'ils se regroupaient dans un grand quartier lointain, sans m'attendre ; et tout cela me procurait cette même sensation sinistre des fins de soirée à La Plage, quand au petit matin la musique s'éteignait et que les videurs dispersaient les derniers clubbeurs, chacun retournant à sa vie véritable comme après une récréation, me laissant seul, le cœur battant, le corps frustré, le soleil dans les yeux. J'avais trente-quatre ans.

En juillet 2014, La Plage a fermé trois semaines pour travaux. Le premier jour, je suis passé devant. Il y avait des camions et des bâches. Quelques détails mis à part – les lettres néon éteintes, de vieux flyers dans le caniveau –, plus rien ne laissait penser qu'il s'agissait d'une boîte de nuit. Ç'aurait pu être un gymnase ou un vieil entrepôt. Tout le monde était parti, je ne savais où. Je restais oublié sur le parking.

À Bodymax aussi je me suis senti désœuvré. Il n'y avait plus de raison de regarder l'horloge, plus rien à attendre. L'urgence d'une rencontre se diluait dans la lenteur et la vacuité de journées sans soirée, de travail sans récompense. Ici personne ne venait me parler. Les clients n'avaient plus besoin de moi depuis la numérisation des abonnements et l'installation d'écrans de coaching. Ma mission consistait à assurer la permanence à l'accueil, ranger le matériel et arroser les plantes.

Il y avait un homme de mon âge, assez corpulent, vêtu de T-shirts avec des blagues marquées dessus, qui payait un abonnement premium et venait tous les jours à midi faire du tapis roulant sans progrès visibles. Chaque fois je le voyais poser son téléphone sur la tablette en face de lui et pianoter sur la même interface, que je croyais reconnaître. Alicia m'en avait déjà parlé : c'était une nouvelle application de rencontre, une sorte de Meetic en plus moderne, que beaucoup de personnes commençaient à utiliser. Selon elle, tout le monde finirait par se rencontrer là-dessus. Il n'y aurait plus besoin de s'aborder comme avant. Je trouvais l'idée effrayante. Mais cette fois-là, en regardant le client faire défiler les visages sur son tapis, je me suis résolu à essayer. Rien que pour juillet. C'était ça ou trois semaines d'isolement.

Abrité derrière le comptoir, je me suis donc créé un profil sur Tinder. Il fallait d'abord choisir des photos de soi. J'en ai sélectionné trois : une officielle à La Plage, une torse nu devant le miroir de ma salle de bains, et une plus ancienne, prise un soir de Noël par ma mère, simple, recadrée pour couper la famille. On pouvait ajouter un texte de présentation. J'ai écrit : *Clubbeur à ses heures perdues.* Des profils de femmes des environs se sont mis à défiler sur mon écran, affichant leur nom, leur âge et la distance qui me séparait d'elles, quelques kilomètres, parfois moins. Je devais les faire glisser vers la gauche ou vers la droite selon qu'elles me plaisaient ou non ; si je plaisais en retour, une conversation privée devenait possible. C'était désincarné. Il n'y avait pas de regards, pas de mouvements, pas d'odeurs. Les visages inanimés se ressemblaient. J'avais l'impression de feuilleter un catalogue de meubles sans idée précise du style que je voulais. J'ai obtenu des matchs et peiné à engager les conversations. *Salut ça va ?* Mes premières tentatives se sont affaissées au bout de quelques messages. Et puis, j'en ai reçu un d'une certaine Isabelle, trente-sept ans, à deux kilomètres d'ici, sans texte de présentation, dotée d'une seule photo sur fond de mur blanc, type carte d'identité ; son visage était beau, assez raide, sévère, les cheveux attachés. Elle m'écrivait :

Salut, j'aime bien tes photos.

J'ai cherché une réponse qui ne soit pas trop banale.

Merci. Je ne savais pas quoi mettre, c'est ma première fois sur Tinder.

Bienvenue dans les limbes. Qu'est-ce que tu viens chercher ici ?

Je ne sais pas… des rencontres. Et toi ?

Moi aussi. Ça te dirait qu'on se rencontre en vrai ? Je n'aime pas parler par messages.

J'ai accepté, rougissant seul derrière le comptoir.

Nous nous sommes donné rendez-vous le soir même au Rock'n Beer, un bar du centre-ville. Douché, parfumé, bien habillé, je suis arrivé un quart d'heure en avance afin de prendre mes marques. Je n'avais pas mis les pieds dans ce genre d'endroit depuis l'adolescence. L'air ici était lourd, statique. Quarante personnes à peine, toutes assises, se partageaient la terrasse et le bar. Trois hommes dans le fond jouaient à un jeu de fléchettes électronique dont les jingles faisaient plus de bruit que la musique, du rock sans basses. Je me suis dirigé vers une table isolée. Un léger trouble m'a pris aux premiers pas, comme lorsqu'on pose le pied sur un escalator en panne ; dans la foule et le bruit, j'étais habitué à me mouvoir en dansant. Assis enfin, j'ai regardé les gens. Ils discutaient, leurs cigarettes et leurs portables posés devant eux, sérieux comme s'il était quinze heures. Il semblait difficile d'établir le moindre contact. Les groupes étaient préconstitués, les tables indépendantes, les jeux déjà faits. Ma solitude ici devait sauter aux yeux. Pour montrer que j'attendais quelqu'un, j'ai regardé plusieurs fois l'heure d'un air préoccupé.

Peu à peu, le stress est monté. J'avais l'impression de patienter pour un oral. Ce n'était pas faux, je m'apprêtais bien à faire connaissance par la parole, immobile, assis face à une inconnue. Nos messages n'avaient dégagé aucune piste de sujet, il faudrait les trouver en improvisant, les inventer à partir de rien. J'ai tenté de lister quelques idées mais cela m'a stressé davantage, par peur d'oublier, alors j'ai attendu sans réfléchir.

Isabelle, c'était elle, est arrivée pile à l'heure. Elle était comme sur sa photo, globalement raide, grande et maigre ; elle portait une veste sobre sur une chemise noire, un jean serré, des talons. L'air pressé, elle a balayé la salle du regard. Je lui ai fait un grand sourire. Elle m'a rejoint. Nous nous sommes salués, fait la bise par-dessus la table ; elle s'est assise, a retiré sa veste, accroché son sac, posé son portable devant elle, puis enfin n'a plus rien eu à faire, et nous nous sommes regardés. Elle avait des cernes. Pour briser le silence, elle a commencé machinalement :

— Tu es déjà venu ici ?

— Non, c'est la première fois. D'habitude je vais à La Plage, mais là elle est fermée.

— La plage ? Quelle plage ?

Je n'ai pas réussi à cacher mon étonnement.

— Bah… La Plage, la boîte de nuit sur le quai de la Loire.

— Pardon, je ne connaissais pas. Je ne vais jamais en boîte. Toi oui, donc ?

— Oui, je l'ai mis dans mon texte de présentation.

— J'avais oublié. Tu y vas souvent ?

— Cinq fois par semaine.

Là, c'est elle qui a paru surprise.

— Mais comment tu fais avec ton travail ?

— J'arrive à gérer la gueule de bois. C'est une question d'habitude. Et puis de toute façon je fais un travail facile. Je suis à l'accueil dans une salle de sport. En début d'après-midi, quand il n'y a personne, je peux faire des micro-siestes sans me faire repérer.

Son visage n'exprimait pas beaucoup d'émotions, je peinais à le déchiffrer. À cet instant, il me semblait suspendu quelque part entre la gêne et la curiosité. Le serveur est venu prendre notre commande.

— Un gin tonic, s'il vous plaît.

— Et pour moi un café.

— Court, long ?

— Court.

J'ai craint de déjà l'ennuyer : court, serré, *ristretto*, avait-elle demandé peut-être pour fuir au plus vite, puisqu'il fallait bien boire quelque chose avant.

— Désolée, ce n'est pas très fun, mais j'ai besoin de quelque chose pour me réveiller, je suis épuisée à cause du travail, en ce moment je tombe de sommeil à vingt-deux heures…

— Ah oui, c'est tôt… Vingt-deux heures, pour moi, c'est le moment de partir en soirée.

Elle a laissé échapper un petit rire nerveux.

— Tu fais quoi comme travail ? ai-je vite enchaîné.

— Je suis chargée de com dans une entreprise de travaux publics.

— Ça a l'air intéressant.

— Non, pas vraiment. Mais ça me permet de vivre, et je ne vois pas ce que je pourrais faire d'autre. Le problème, c'est que ça me prend tout mon temps.

— Tu ne sors jamais ?

— À part des dates Tinder, non.

— Tu devrais essayer, pour te relaxer… peut-être même que ça te rendrait plus efficace au travail, ai-je tenté.

— En boîte de nuit, par exemple ?

Elle souriait à présent, mais restait illisible. Je me suis senti rougir assez fort.

— Désolé, je t'embête avec ça.

— Mais non, pas du tout, tu as l'air vraiment passionné, j'aime bien, ça change. Dis-m'en plus. Qu'est-ce qui te plaît tant dans cet endroit ?

J'ai réfléchi, je n'avais jamais eu à formuler ces choses-là. Elle a attendu tranquillement.

— Disons que… là-bas, j'ai l'impression que tout est possible. C'est une ambiance très différente de celle du jour. Les gens sont plus disponibles, moins pressés. On peut les approcher. Il suffit de danser avec eux…

— Et ça ne te lasse jamais ? Les soirées ne se ressemblent pas trop ?

J'ai fait non de la tête et cherché des arguments. J'aurais pu lui parler de la pauvre routine de mes journées, de mon ennui au travail et de tous les petits gestes répétés du matin au soir, se lever, s'habiller, partir de chez soi en prenant les clefs, revenir et se recoucher, tout cela mécaniquement, à l'aveugle, comme on sinue sans se cogner dans l'obscurité d'une chambre connue par cœur. Mais je me suis ravisé pour ne pas plomber l'ambiance.

— Je… je trouve que les nuits se ressemblent moins que les journées, ai-je dit simplement.

Elle a souri.

— C'est assez convaincant. Ça donne même presque envie d'y aller. Le seul problème, c'est que je ne sais pas danser.

— Je pourrais t'apprendre, ai-je dit spontanément.

J'ai regretté d'être si invasif, agité les mains pour m'excuser. Elle a ri, cette fois plus franchement, plus gaiement.

— Tu es marrant.

Elle m'a observé un instant en silence. Son visage s'était détendu. Ses yeux étaient marron et intelligents. Je la trouvais jolie. Elle a sifflé son café.

— On s'en va ?

— Euh, déjà ?

— Oui, je n'aime pas trop cet endroit.

— D'accord… Moi non plus, en fait.

Je me suis dépêché de finir mon gin to'. Le goût était trop sucré, le verre inconfortable, trop lourd, difficile à prendre en main. Isabelle a payé pour nous. Cela m'arrangeait bien, je n'avais pas encore touché mon salaire. J'ai tout de même sorti mon portefeuille, pour la politesse, mais elle a dit que je lui revaudrais ça en lui apprenant à danser.

Dehors, elle m'a demandé :

— Tu veux faire quoi ?

Elle avait pris cet air faussement détaché que je connaissais bien, celui que l'on a quand on ne veut pas rentrer seul. Je ne le voulais pas non plus, mais je craignais soudain qu'elle ne soit intéressée que par le sexe, couche avec moi puis me jette comme un pauvre amant d'un soir. L'étonnante facilité de notre rencontre, au contraire, me donnait envie de la prolonger hors des décors habituels, de profiter, faire des choses nouvelles, des choses de rendez-vous galant, que je me représentais toujours sous la forme de grandes promenades en ville le long des magasins.

— Ça te dirait d'aller au cinéma ? ai-je proposé.

Elle a paru surprise.

— Euh, oui… Je ne m'attendais pas à ça.

— On peut faire autre chose, si tu préfères.

— Non, pardon, c'est moi qui suis stupide, c'est une très bonne idée, ça fait longtemps, ça me changera.

Elle m'a souri et nous avons marché jusqu'au Gaumont, à quelques rues de là. Je n'y étais pas allé moi-même depuis un certain temps, très longtemps, des années ; mon dernier souvenir remontait à l'adolescence, avec Vincent et les amis du lycée ; je me souvenais surtout de notre lutte tacite pour nous retrouver assis au centre de la bande, comme au self, lutte chaque fois perdue par moi, repoussé en bout de rangée, forcé de me tordre le cou pour participer à la conversation pendant les bandes-annonces. Depuis, je n'avais jamais éprouvé l'envie d'y retourner. Il me paraissait d'ailleurs absurde et presque déshonorant de se rendre seul au cinéma.

Nous avons choisi *Gravity*, le film avec George Clooney dans l'espace. L'ambiance de la salle m'a beaucoup plu, rouge et noire, feutrée, anonyme. Nous nous sommes installés au fond. Pendant le film, je n'ai pas réussi à me concentrer. Quand au lycée encore je m'imaginais avec une petite amie, c'était toujours ici, au cinéma, le bras posé sur son épaule, le pop-corn entre nous, la lumière de l'écran baignant nos visages synchronisés. Cette image était nette, précise comme un souvenir véritable, et pourtant, ce soir-là, la main d'Isabelle, posée dans la pénombre sur notre accoudoir, me semblait absolument insaisissable. Quelques centimètres m'en séparaient et c'était un fossé. Je savais qu'elle le voulait aussi, je le sentais bien, mais ce geste-là, si petit, était impossible. Il me manquait de l'élan. Alors je me suis contenté de laisser ma main à côté de la sienne, en évidence. Vers le milieu du film, elle l'a prise et je n'ai plus bougé.

En sortant, Isabelle m'a proposé de venir chez elle. Sur la route elle m'a demandé ce que j'avais pensé du film. Sans avis, j'ai dit « pas mal », mais de son côté elle n'avait pas aimé du tout et s'est mise à m'expliquer pourquoi avec des arguments précis qui m'ont impressionné. Convaincu, j'ai acquiescé à tout ce qu'elle disait, retournant ma veste, ce qui l'a fait rire.

— Oui, tu es vraiment marrant.

— Désolé.

— Arrête de t'excuser, c'est bien, d'être marrant.

Elle habitait au sud, dans un quartier résidentiel et sans animation, un grand appartement décoré sobrement, sans personnalité, très propre, non qu'il paraisse souvent nettoyé mais plutôt jamais sali, peu habité. Il ressemblait en fait au mien, en double et en plus chic. Pendant qu'elle allait nous chercher à boire, j'ai arpenté le salon, le détaillant avec une curiosité pudique, comme cela me semblait être d'usage quand on est invité chez quelqu'un de si bonne heure.

— Tu peux mettre de la musique sur l'ordinateur, si tu veux, j'ai Spotify.

— Tu écoutes quoi comme genre ?

— Je n'en écoute jamais… donc mets ce que tu veux.

J'ai réfléchi. Plusieurs idées me sont venues, chacune ramenant son flot de souvenirs. Je me suis décidé pour un morceau de Chris Brown en feat avec Lil Wayne, *Loyal*, au rythme posé, entre rap et chant, que j'ai jugé approprié. Aux premières notes, j'ai guetté la réaction d'Isabelle. Elle souriait, appuyée au comptoir de la cuisine, débouchant une bouteille de vin blanc. Je me suis approché d'elle. Sans le faire exprès, j'ai dansé légèrement.

— Ah oui, d'accord, tu me mets la pression, là…

Je me suis arrêté.

— Non, continue, j'aime bien.

J'ai repris, intimidé d'abord, comme si j'étais nu, sans foule ni spots ni mur de basses. Puis en regardant Isabelle, la gêne a passé. Je lui ai tendu la main. Elle m'a rejoint. Elle ne savait vraiment pas danser. Son corps était crispé. Elle m'a marché sur le pied, s'est excusée nerveusement.

— Tout va bien.

J'ai guidé ses pas. Mon cœur battait fort. J'avais soudain l'impression que si je dansais depuis tant d'années ce n'était que dans le but de lui apprendre à elle, dans son salon, pour la serrer contre moi.

Au lit, fatiguée, elle a préféré que l'on dorme simplement. Cela m'allait très bien. J'ai feint tout de même d'être déçu, rien qu'un peu pour qu'elle ne me croie pas sans désir. Du désir j'en avais pour sa présence, un câlin suffisait.

— Je suis contente de te rencontrer. Je ne sais pas pour toi mais moi je suis assez seule, ici. J'ai été mutée il y a un an, tous mes amis sont loin. Et les mecs que je rencontre sur Tinder, ils ne me plaisent jamais. Ils me ressemblent trop, ils ne parlent que de leur travail, ils n'ont que ça. Toi, je t'aime bien. Tu as l'air différent.

Elle s'est endormie rapidement. Moi je ne pouvais pas, il était trop tôt, à peine une heure. Alors j'ai veillé longtemps dans le noir, collé à elle, son souffle chaud sur mon épaule.

Le matin, elle s'est levée à sept heures. Somnolant, je l'ai entendue vaguement se préparer et faire du café. Elle s'est assise au bord du lit.

— Je dois aller bosser. Mais reste dormir un peu si tu veux. Tu auras juste à claquer la porte en sortant.

Elle a réfléchi un instant, puis :

— On se revoit ce soir ?

— D'accord.

Dès lors, sans avoir à proposer de se « mettre ensemble » ou l'une de ces choses que j'avais toujours crues nécessaires au commencement d'un couple, il m'a semblé que nous en devenions un, comme si la question ne se posait pas.

Nos trois premières semaines se sont très bien passées. Je retrouvais Isabelle chez elle après son travail. Le mien finissant plus tôt, je patientais chez moi sans rien faire de particulier, des pompes, des abdos, un peu de danse sur mon tapis, comme si je m'apprêtais à partir à La Plage, dont l'absence, du reste, ne me pesait plus ; j'y pensais sans douleur, rien qu'une hâte tranquille à l'idée d'y emmener Isabelle à la réouverture. Le soir, je la retrouvais donc à son appartement, où elle se laissait tomber sur le canapé sans retirer sa veste, épuisée. Je m'asseyais à ses côtés, en pleine forme – ma journée commençait. Elle me racontait la sienne, se plaignait de ses collègues et de son patron. Peu de mots me venaient pour la réconforter, alors je me contentais d'être d'accord avec tout. Quand c'était mon tour de parler, cela ne durait jamais longtemps car je n'avais rien à raconter. Mes journées ne contenaient qu'Isabelle. J'aimais mieux l'écouter, puis faire des choses simples : regarder la télé, aller au Super U, cuisiner, passer chaque soir comme un petit dimanche ; et le dimanche, se promener un peu dans le quartier. J'étais bien. J'estimais avoir atteint mon but. Le contentement était tel que je ne me projetais pas au-delà. Loin, l'envie de la présenter à mes parents, loin, les désirs de voyages et de famille, loin, les grands rêves de célibataire ; ne plus être seul, cela me suffisait.

Et puis est arrivé le grand moment, La Plage a rouvert. Ce soir-là nous nous sommes préparés ensemble chez moi. Je ressentais un niveau de joie jamais éprouvé, et ce n'était pas seulement à l'idée de montrer la boîte à Isabelle : pour la première fois je m'y rendais sans rien y chercher, simplement pour profiter de ce que j'avais déjà. Le sentiment devait être analogue à celui d'un sportif qui dispute un match alors qu'il est déjà qualifié. Isabelle a pris sa douche en premier ; pendant ce temps, j'ai lancé *Happy* de Pharrell Williams, la chanson de l'année, et dansé dans le salon. Après ma douche, je l'ai embrassée et nous avons fait l'amour encore mouillés, comme si le monde entier pouvait attendre. J'ai pris soin de ne pas toucher les draps avec mes cheveux pour rester bien coiffé. Après l'étreinte, une atmosphère de sérénité s'est diffusée dans la pièce tandis que nous nous habillions ; c'était fait, nous étions comblés, débarrassés en quelque sorte, désormais la nuit entière était déblayée pour la fête et la danse.

Je connaissais le chemin par cœur, la succession des virages et le rythme des feux, j'aurais pu le faire les yeux fermés rien qu'au son des voitures et à l'odeur des arbres ; cependant, marchant avec Isabelle, il m'a semblé que jamais vraiment je n'avais su le regarder, le pas trop pressé, la tête baissée ; maintenant tout était joli, les passants, les enseignes, le soleil rose au ras des maisons, tout souriait et nous accompagnait vers La Plage, en vent frais dans notre dos. Au fil des pas, un tri s'est fait ; débouchant sur le quai il est devenu évident que tous les groupes se rendaient au même endroit. La soirée commençait là, dans cet afflux commun vers la boîte, cette joie convergente, partagée sur les visages inconnus.

Passé le pont j'ai vu que des gens nous regardaient, nous étions beaux, elle en robe Cos blanc cassé, moi avec mon col en V noir Uniqlo et mon Levi's 501. Nous avons marché vers l'entrée. Il y avait du monde pour la réouverture, les affaires reprenaient, ça me faisait plaisir comme si j'étais le propriétaire des lieux. Dans la queue, Isabelle m'a posé des questions : le genre de musique qui passait à l'intérieur, mes consos préférées, les meilleurs spots de danse... J'avais réponse à tout. Soudain j'adorais parler. Je l'aurais fait pendant des heures. Elle en semblait ravie.

C'était Balou à l'entrée, un de mes videurs préférés, une force de la nature – un soir, je l'avais vu dégager un client trop agressif en lui donnant un coup de ventre. Je ne sais pas ce qui m'a pris en arrivant à son niveau, mais je lui ai fait une accolade, comme à un vieil ami. Il a eu l'air embarrassé, m'a tapoté l'épaule. Je lui ai présenté Isabelle. J'avais envie qu'elle rencontre toutes mes connaissances et même les gens que je ne connaissais pas, qu'ils sachent, que notre bonheur soit une chose bien entendue.

Macklemore & Ryan Lewis – *Thrift Shop*

Ces trois semaines de fermeture avaient donc servi à la construction d'une mezzanine circulaire, avec une vue parfaite sur la piste. C'était magnifique, émouvant même, comme une grande église.

— Alors, tu en penses quoi ? ai-je demandé à Isabelle, tout fier.

Son visage était encore plus beau ici, dans les lumières. Elle regardait la piste en souriant. Puis elle s'est mise à rire. J'ai pris peur.

— Quoi, tu n'aimes pas ?

— Mais si, j'adore ! Ça me fait drôle d'être là. J'ai l'impression de ravoir dix-huit ans !

— Pourquoi dix-huit ans ?

— Non mais je veux dire, ça faisait longtemps que je n'étais pas venue en boîte !

Elle m'a embrassé.

— Alors, on commence par quoi ?

— Je vais te présenter la meilleure barmaid du monde !

Planant, je lui ai pris la main et l'ai emmenée à travers la foule. Au passage, nous avons pris la pose devant un photographe officiel Soon Night. Le faire avec ma copine, j'en avais toujours rêvé. Elle a mis une main sur mon épaule, timide, et je l'ai tenue par la taille en levant le pouce.

— Souriez !

Au bar, Alicia était bien en place, immuable, inchangée. Elle aussi m'avait manqué. Je l'ai serrée dans mes bras par-dessus le comptoir.

— Alicia, Isabelle, Isabelle, Alicia !

Elle lui a tendu son poing fermé pour la checker, puis m'a fait un clin d'œil discret, l'air de dire « je valide ». J'étais absolument serein : Isabelle, Alicia, la boîte entière, j'avais confiance en tout, j'étais dans mon bain.

— Tu nous mets deux gin to' ?

— C'est pour la maison !

Nous avons trinqué, face à face sur nos tabourets hauts.

— À La Plage ! ai-je dit spontanément.

— Et à nous deux !

— Oui, à nous deux bien sûr !

Le cocktail était délicieux, parfaitement dosé. Isabelle a vite sifflé son verre et recommandé. J'ai admiré sa descente. En buvant, nous avons regardé la piste ; je me suis lancé dans une analyse des gens qui dansaient, les bons et les mauvais, les champions, les gênés, les bourrés, les drogués, les lourds, les tout seuls. Je tapais du pied. Ça me démangeait. Trois semaines sans. C'était un record. Pour sûr, ça reviendrait comme le vélo. Elle m'a vu bouillir.

— On se lance ? Je suis un peu bourrée, je le sens bien.

Pharrell Williams – *Happy*

Danser avec Isabelle était la chose la plus intense et la plus naturelle que j'aie jamais faite. Techniquement, elle n'était pas au point mais cela viendrait, pensais-je ; l'essentiel était là : face à elle sur la piste, je pouvais tout lui donner ; les mots, les caresses, tout ce qui trop souvent chez moi sortait de travers le faisait ici bien droit, converti en mouvements. Il n'y avait aucun écart entre ce qui se passait dans mon cœur et ce que mon corps exprimait. J'étais moi-même. Et j'aurais accepté, volontiers, que la vie se fige comme ça.

À un moment, elle s'est penchée à mon oreille :

— Je commence à fatiguer, j'ai un peu envie de rentrer !

— Ah bon, déjà ?!

— Oui, il est bientôt trois heures !

Je n'avais rien senti passer.

— On peut rester encore un peu, s'il te plaît ?!

— Oui, si tu veux, mais alors on s'assoit, j'ai les jambes en feu !

J'ai consenti à une pause sur la mezzanine. Là-haut, l'ambiance était agréable, quoique trop calme : tables, petit bar, inertie générale. J'ai repris un gin to', Isabelle un verre d'eau. Notre table jouxtant la rambarde, je n'ai pas pu m'empêcher de regarder la piste en contrebas. Ce devait être un peu comme si j'avais les yeux rivés sur mon portable. Elle m'a touché le bras.

— Tu sais, pendant qu'on dansait, je me suis dit qu'on pourrait faire quelque chose le week-end prochain. Je poserais mon lundi, ça nous ferait trois jours… J'ai pensé à Lisbonne ! On se prendrait un Airbnb là-bas. J'ai un couple d'amis qui y habite, ils pourraient nous montrer des coins de la ville pas trop touristiques. Ce serait super, non ?

Pris de court, j'ai senti m'échapper un sourire crispé. Je ne quittais jamais la ville, à part pour fêter Noël à Rennes chez mon frère et Audrey. M'imaginer à Lisbonne ravivait brutalement de vieilles suées d'angoisse, voyages scolaires, vacances au camping, perte de repères, journées interminables au soleil. Un vertige m'a pris. Je n'étais pas prêt à délaisser mes habitudes.

— C'est… c'est un peu cher, Lisbonne, non ?

— Pas spécialement, et puis on peut s'arranger entre nous, si c'est compliqué pour toi, ça ne me dérange pas.

Je devais avoir une expression quasi constipée, impossible à cacher, comme lorsqu'on reçoit un cadeau qui ne plaît pas. Je continuais à regarder nerveusement la piste. Elle a claqué des doigts pour me recentrer.

— Si tu ne veux pas aller à Lisbonne, on peut aller ailleurs, je ne sais pas, Barcelone, Naples, ou même en France, Marseille, peu importe, l'essentiel c'est de faire quelque chose !

Elle avait dit *quelque chose* comme si rien ne s'était passé jusque-là.

— Mais on fait déjà des choses, non ?

— Je veux dire, des vraies choses, pour sortir de la routine, mieux se connaître, ça me paraît évident.

Je commençais à aller mal, sa voix avait changé, elle était plus tendue, peut-être simplement à cause de l'alcool, je l'espérais. J'ai tenté une proposition spontanée :

— J'ai vu des flyers sur le comptoir, vendredi prochain ils font une soirée spéciale années 90, ça pourrait être chouette, non ?

J'ai regretté tout de suite. Elle s'est pris le front dans une main, comme si je lui donnais la migraine.

— Écoute, c'était sympa de venir ce soir, mais je ne compte pas passer tous mes week-ends ici, ni mes vacances. On dirait que tu n'as envie de rien d'autre, ça fait un peu flipper… Quand j'y pense, je ne sais presque rien de toi, ce n'est pas normal.

D'un coup, nos trois semaines passées ensemble se sont flétries dans mes souvenirs, m'ont fait honte. Elle a poursuivi, lancée, comme si elle se décidait à dire des choses pensées depuis longtemps :

— Qu'est-ce que tu attends d'une relation ? Il faut que tu me le dises.

— Je ne sais pas… C'est difficile à dire… Je suis bien comme ça…

— Tu te satisfais de ça ?

Je n'ai pas osé répondre oui, elle n'aurait pas aimé, et pourtant je le pensais si fort, c'était si simple – oui, je m'en satisfaisais, j'étais heureux, je ne demandais rien d'autre, rester avec elle, tout près, collé serré, ne plus bouger, ne plus parler… Lentement, tête baissée, je me suis approché pour la prendre dans mes bras, mais elle s'est écartée.

— Il vaudrait peut-être mieux qu'on arrête là.

— D'accord pour Lisbonne ! ai-je lâché, paniqué.

Mon cœur battait fort, je la regardais dans les yeux, et sur son visage se superposaient vaguement l'image d'une ville étrangère, le ciel, de grandes avenues bondées, tout ce que j'étais prêt à affronter pour continuer à être avec elle.

Mais elle paraissait encore plus désolée.

— Arthur, c'est pas grave. J'aurais dû me l'avouer avant. Au début j'ai cru que ça irait, je te trouvais différent… Mais en fait, ça ne peut pas marcher. On ne vit pas sur la même planète. On se ferait du mal. Je suis désolée.

Elle avait raison. L'évidence m'écrasait. Toutes mes pensées convergeaient douloureusement vers cette photo de nous deux sur la piste, qui serait publiée sur Internet le lendemain. Je n'ai pas bougé, étourdi, les larmes en chemin.

— Je m'en vais, maintenant.

Elle s'est levée, l'air fatigué. Elle me semblait aux prises avec son incapacité soudaine à être émue, à éprouver de l'empathie pour moi. Ce n'était plus ses affaires. Elle est partie.

Je l'ai regardée s'éloigner, disparaître dans l'escalier. Me penchant au-dessus de la rambarde, j'ai essayé de l'apercevoir en bas, mais elle devait longer les murs. Je ne voyais plus que la foule. Je savais ce qu'il me restait à faire. Je l'avais déjà fait. Me plonger dedans, m'y noyer comme dans un bain bouillant, tout dissoudre jusqu'à ce que rien de cette histoire n'ait existé, ni le chagrin ni l'amour.

Ange

2017

Cette nuit-là, j'ai dansé très longtemps avec une partenaire impressionnante, en legging et sweat large, le visage concentré, le corps entier virevoltant – elle devait faire du breakdance –, un coup se dressant, un coup fléchissant les jambes au ras du sol, m'obligeant à la suivre hors de mes zones de confort. Mon cœur battait de joie et d'essoufflement. Enfin elle a ralenti le rythme et, passant ses mains derrière mon cou, m'a embrassé. Je me suis laissé guider, serré contre elle, les yeux fermés. Rien n'allait jamais si bien que dans ces moments-là. Puis elle a crié à mon oreille, me révélant du même coup sa voix :

— On sort ?!

J'ai regardé mon portable : trois heures moins le quart ; c'était convenable.

— D'accord !

Elle a pris ma main et je l'ai suivie vers la sortie. Elle a demandé :

— On va chez toi ou chez moi ?!

— Euh, je ne sais pas, chez toi ?!

— D'accord ! Comment tu t'appelles, au fait ?!

— Arthur, et toi ?!

— Mélissa !

Elle m'a souri en poussant la porte du sas. C'est là qu'un léger vertige m'a pris, une sorte de déjà-vu. Oui, je connaissais la suite, je la connaissais par cœur : le vestiaire, le parking, le trajet à pied ou en taxi, un appartement inconnu, un dernier verre, l'étreinte et déjà la peur du lendemain, la honte de ce que j'étais en plein jour. Depuis ma rupture avec Isabelle, il y avait environ trois ans, mes échecs se ressemblaient ; des histoires courtes, une nuit, deux nuits, parfois un peu plus, visions fugitives d'une vie commune, toujours laborieuses, asphyxiées à l'air libre comme un poisson sorti du bocal. En dehors de la boîte, je n'arrivais à rien. Je m'acharnais à jouer des rôles et à faire des efforts, j'enquillais les petits chagrins. Et chaque fois davantage je sentais monter en moi une lassitude, l'envie d'abandonner. Cette fois-ci, soudain, m'a paru celle de trop. À quoi bon me faire du mal ? Autant continuer à danser, profiter de la nuit jusqu'au bout.

— Je crois que j'aimerais mieux rester.

— Quoi ?

Elle me fixait sans comprendre.

— T'as l'air stressé… C'est parce que t'es pas célibataire, c'est pour ça ? Si ça peut te rassurer, moi aussi j'ai quelqu'un.

— C'est pas ça... Je te décevrais.

— Mais tu rigoles, t'as vu comme on est synchro sur la piste... Allez, viens !

Elle m'a repris la main. Il y avait dans ses yeux un mélange de désir et de détresse qui m'a serré le cœur ; un instant je me suis imaginé sa vie, sa solitude à portée de la mienne et l'histoire qui nous attendait ; j'ai failli accepter, tenter le coup encore une fois, mais quelque chose en moi s'est ravisé ; non, je ne voulais plus, j'avais trop peur, je ne pouvais pas supporter l'idée de m'attacher à elle, de la décevoir et de la perdre. Il m'aurait fallu, pour la suivre et y croire, une sorte de tunnel creusé sous La Plage, un prolongement où continuer à danser dans la foule et la musique, un long sas de décompression, très long, peut-être même sans fin.

— Je suis désolé.

Son visage s'est fermé.

— T'es bizarre. T'aurais pu me prévenir avant, au moins. Ça m'aurait évité de danser trois heures pour rien.

Et elle est retournée à l'intérieur, à la besogne, penchée en avant comme pour fouiller la foule. Coupable, j'ai attendu quelques minutes, puis j'y suis retourné à mon tour.

Je suis allé souffler au bar. En me voyant arriver, Alicia m'a glissé mon verre d'eau. J'avais arrêté l'alcool, la cigarette aussi. Les gueules de bois étaient devenues intenables au travail.

— Je croyais que t'étais parti avec la meuf en legging !

— Finalement non !

— Elle te plaisait pas ?!

— Si… beaucoup… mais je ne sais pas, j'ai eu envie de rester là !

— La pauvre, tu l'as bien chauffée, en plus…

J'ai souri avec elle mais j'étais triste. Je pensais à Mélissa et aux autres. Au fond tous ces gens rêvaient de quitter cet endroit. La boîte n'était que leur lieu de passage, leur lieu de chasse. Il suffisait de les regarder pour le comprendre. La plupart se fichaient de la danse, cela se voyait dans leurs yeux, leurs corps pressés ; ils ne pensaient qu'à trouver quelqu'un et s'enfuir avec. Dans leur urgence à jouir ils ne profitaient de rien, bâclaient la fête pour vite conclure, coucher, se délester de leur désir. J'aurais voulu les retenir, que la nuit ne se termine jamais, qu'une sorte de lave ou de brume entoure la boîte et nous force tous à y faire notre vie, à y dormir, à y rester. J'ai pensé aux rave-parties, aux grandes fêtes techno dont je regardais parfois des vidéos sur YouTube, milliers de silhouettes tournées vers le mur de basses, en transe, sans hâte et sans projet, tenues par la seule joie d'être là. Je me suis demandé si je ne serais pas mieux là-bas plutôt qu'ici. Mais j'aimais trop La Plage. Je lui pardonnais ses défauts, comme à une vieille amie.

Promenant mon regard à la recherche d'une nouvelle partenaire, je n'ai pas repéré de très bonne danseuse. C'était souvent le problème avec les premiers soirs de la semaine. Le lundi, le mardi et le mercredi, les gens venaient nettement moins nombreux et énergiques, le niveau général en pâtissait. Il fallait attendre le jeudi pour que la piste s'enflamme. Tout de même, j'ai fini par apercevoir, au centre, un attroupement singulier : un cercle s'était formé autour d'un homme avec des lunettes noires ; il devait approcher la quarantaine, grand et massif, le corps d'un sportif sur le déclin, rattrapé doucement par l'âge ou les excès – début de ventre, pectoraux affaissés, calvitie avancée maquillée par un rasage complet du crâne –, cependant il dansait comme un pro, un solo sec et tranchant à la Michael Jackson, magnifique, du jamais-vu, de la danse pure. Je me suis retourné vers Alicia.

— Est-ce que tu sais qui c'est, le gars avec des lunettes là-bas ?!

— Non, c'est un nouveau ! Il est fort, hein ?! Je parie que t'as envie de danser avec lui !

J'ai fait mine que non. J'étais intimidé. C'était un homme, et les hommes ne se laissaient pas approcher. J'avais essayé quelquefois, on m'avait repoussé avec une sorte d'effroi dégoûté. Impossible de négocier. Danser ici entre hommes ne se faisait pas. Entre femmes, guère plus ; j'en voyais de temps en temps partager un bref moment de complicité mais, chaque fois, elles riaient et revenaient aux hommes d'un air entendu, comme si cela relevait du bon sens. C'était un gâchis général, un manque de curiosité. Chacun se privait de la moitié des partenaires de danse. Parfois je trouvais les gens un peu trop étriqués.

— Allez, ça se voit que t'en crèves d'envie ! Vas-y ! Faites une battle ! Vous êtes les deux meilleurs de la boîte ! Je veux trop voir ça ! Je te connais, tu t'en voudras si tu n'essaies pas !

Je me suis levé. Tant pis s'il me repoussait, elle avait raison, je crevais d'envie, je crevais de ne pas danser avec le monde entier.

Luis Fonsi – *Despacito*

Ondulant en rythme, j'ai repiqué vers le centre, brisé le cercle autour de l'homme et commencé à bouger face à lui. À ma surprise, il m'a accueilli sans hostilité, s'est même mis à tournoyer en claquant des doigts, galvanisé. Le cercle s'est refermé sur nous. Des gens ont crié « Battle ! » et j'ai tout donné, mobilisé des cheveux aux orteils, tel un long fil de fer. Je ne connaissais pas ses mouvements, lui ne connaissait pas les miens, et nos efforts communs pour nous comprendre ont fabriqué une sorte de ciment fluide, bientôt répandu parmi les autres ; pris dans notre rythme, tous se sont agglomérés pour ne faire qu'un seul et même grand corps, et pendant quelques minutes il m'a semblé que je tenais toute la boîte dans mes bras. C'était comme un manteau, l'orgasme dans sa forme la plus intense.

Et puis le morceau s'est achevé, un tempo plus calme a suivi. D'un même élan, tout le monde nous a applaudis en criant. L'homme a salué d'une courbette et m'a désigné du bras, tel un partenaire de théâtre. J'ai salué à mon tour, rouge et radieux. Il s'est penché à mon oreille.

— Je m'appelle Ange, et toi ?!

Il sentait le bain de bouche chimique.

— Arthur !

— Enchanté, Arthur !

— Enchanté !

Enchanté, je l'étais vraiment, ce devait être la première fois que j'employais ce mot sans le trouver disproportionné. Une femme a voulu nous prendre en photo. Ange a passé un bras sur mes épaules, pointant l'appareil en mimant des petits revolvers. J'ai pris la pose avec lui. La fierté tirait mon sourire jusqu'aux oreilles. Je devais avoir la même tête que sur les photos de classe du lycée quand je parvenais à me placer à côté des garçons les plus populaires, bien qu'ils ne soient pas mes amis. Ange pouvait l'être. Un binôme, un partenaire de danse pour cette nuit et d'autres peut-être. À y penser, je ne demandais rien de plus.

C'est alors, me sortant brusquement de ma songerie, qu'Ange s'est fait bousculer. Plusieurs personnes le conspuaient tout d'un coup. Quelque chose avait dû se passer, je n'avais pas vu. La bonne ambiance s'était évaporée. Il ne dansait plus. À cause de ses lunettes noires, on ne voyait pas bien ce qu'il pensait. Il a fait des doigts d'honneur aux gens, puis a amorcé son départ. Je n'ai pas eu le temps de réagir ; passant devant moi, il m'a saisi par le bras comme si j'étais son enfant.

— Je t'offre un verre, camarade ! Faut qu'on parle !

Surpris, je me suis laissé emmener. Il nous a fait traverser la piste et monter l'escalier jusqu'à la mezzanine, où il m'a indiqué une table.

— Assieds-toi, je vais commander. Tu bois quoi ?

— Je ne bois pas, ai-je balbutié.

— Ah ouais, t'es un vrai puriste, j'adore ça. Je reviens dans une seconde, je vais me prendre un whisky, c'est une saloperie pour le foie mais faut bien vivre, non ?

Il est parti comme une fusée vers le petit bar. J'ai soufflé un coup, regardé autour de moi. Je n'étais pas revenu sur la mezzanine depuis ma rupture avec Isabelle. Je me rappelais les détails, la table où nous étions assis, la lumière, le volume sonore. Tout l'étage restait souillé par ce souvenir, je ne le supportais pas. Je serais redescendu tout de suite s'il n'y avait pas eu Ange. Je n'avais pas compris sa colère mais je retenais qu'il m'avait appelé *camarade. Faut qu'on parle, camarade.* Peut-être voulait-il me proposer quelque chose, je l'espérais, une autre battle, voire plusieurs, s'il clubbait souvent ici.

Il est revenu avec son whisky.

— Alors, toi aussi t'en chies avec les femmes ?

Déstabilisé, je n'ai rien trouvé à répondre.

— Je t'ai regardé danser, c'est tellement injuste, t'es fort, t'en as dans le froc, ça se voit, et pourtant t'oses rien tenter... On dirait presque que t'as perdu l'envie. Moi c'est pareil. On est dans le même bateau. C'est devenu impossible de draguer normalement. T'as vu, une petite main au cul, et tout le monde pète un câble. Pourtant c'est pas la mort, une main au cul, si ?

Je ne me suis même pas senti vexé ; j'étais déçu, et un peu dégoûté. Ange attendait ma réponse, reniflait, se passait le pouce sous le nez, sans doute plein de cocaïne. Pour ne pas le contrarier, je me suis contenté de hausser les épaules. Il a hoché gravement la tête.

— Tu tiens le coup, toi ?

— Euh... oui, ça va.

— Tu te laisses pas trop bouffer par la dépression ?

— Euh... ça va.

— T'as raison, faut lutter... Je te jure... Triste époque... triste époque.

Quoi que je dise, il semblait tenir pour acquis que j'étais d'accord avec lui, que je partageais ses souffrances. Son *camarade* était une complicité d'homme frustré, il se fichait de la danse. Sirotant son whisky, il a regardé autour de lui avec aigreur, et la façon qu'il avait de secouer la tête, penché vers moi, m'impliquait de force dans son humeur, comme s'il le faisait pour nous, en notre nom, comme si je n'en pensais pas moins. Il a retiré ses lunettes pour les essuyer. Ses yeux m'ont surpris : petits et ternes, ils lui donnaient un air fatigué.

— Tu sais… parfois je me dis que c'est nous qui sommes devenus trop vieux, qu'on est has been, que c'est un problème de génération. T'as quel âge, toi ?

— Trente-sept.

— Voilà, c'est déjà vieux pour ici. Moi j'en ai quarante, alors t'imagines… On est has been, putain. Et c'est partout pareil, faut le savoir, je reviens de voyage, j'ai clubbé dans toute l'Europe : Razzmatazz, Berghain, Egg, Privilege… Toujours la même galère, le même puritanisme. Alors peut-être qu'il faudrait juste laisser tomber. Se résigner. Arrêter de draguer, de s'humilier, passer à autre chose.

À ces derniers mots, j'ai acquiescé, dans l'espoir qu'il me propose de retourner danser simplement, redevenu l'Ange de la piste. Il s'est penché vers moi solennellement.

— Camarade, je te propose qu'on fasse équipe.

— D'accord, avec plaisir. Je… je suis sûr qu'on est les deux meilleurs de la boîte.

— Je le pense aussi…

— Alors, on y retourne ? ai-je suggéré avec entrain.

— Pas tout de suite… D'abord…

D'une main, il a fouillé dans la poche de son pantalon. Il en a sorti un petit flacon de liquide incolore, qu'il m'a montré discrètement.

— Tu sais ce que c'est ?

J'ai fait non de la tête, soudain stressé.

— C'est un petit truc qui se verse dans les verres des femmes, en dernier recours. Ça les rend plus tolérantes, si tu vois ce que je veux dire. Il vaut mieux s'y prendre à deux. Toi et moi.

J'ai paniqué. C'était ce produit-là qu'on appelait GHB. Un jour, Alicia m'avait raconté que des choses terribles arrivaient à cause de ça. Balayant tout le reste, une sorte de devoir supérieur s'est imposé à moi, un résidu tenace de sens commun, de sens moral.

— D'accord, ai-je dit, mais je vais d'abord aller aux toilettes… Pour pisser, ai-je ajouté.

Il m'a regardé fixement. J'ai eu peur qu'il me soupçonne derrière ses lunettes.

— OK. Fais vite. Je t'attends là.

J'ai descendu l'escalier sans oser me retourner. Je me sentais sale et quasi coupable : non, il ne me suspectait pas, il patientait tranquillement comme s'il n'y avait aucune chance que je le réprouve et le trahisse, comme si nous étions identiques. Hors de sa vue, j'ai foncé droit vers le bar. Ma bouche était sèche, je transpirais. Devant Alicia, j'ai lâché d'un bloc :

— Le gars avec les lunettes noires veut utiliser du GHB.

Avant qu'elle ait eu le temps de réagir, je me suis éloigné sur la piste et j'ai dansé sans réfléchir, en attendant que les choses se fassent. Deux ou trois morceaux sont passés. De tous les gestes autour de moi je ne sentais plus que la violence sourde, latente, la rage et la frustration, le désir sale, l'envie de faire l'amour ou de commettre un crime. Ça prenait beaucoup trop de place. Ça plombait l'ambiance. C'était, en pire, le même sentiment qu'au début de l'adolescence, vers les quatorze ans, quand à la fin du collège mes amis avaient cessé de jouer dans la cour pour se tourner vers les filles, parler des filles, les convoiter de toute la force qu'ils mettaient jadis ailleurs, devenus trop sérieux, obsédés, arrachés à l'enfance, et tant pis pour moi si je voulais continuer à jouer, courir et faire des cache-cache pendant toute la récré.

Depuis le centre de la piste, j'ai vu deux videurs monter l'escalier de la mezzanine, interpeller Ange et lui demander de se lever. Il a paru s'énerver, ils l'ont pris par le bras et emmené. Pendant qu'ils se dirigeaient vers la sortie, j'ai continué à danser tête baissée. Au bout d'un moment, je l'ai relevée. Plus trace nulle part des lunettes noires. C'était fini, on avait sorti Ange. J'ai essayé de penser que c'était une bonne nouvelle, un danger écarté, mais il ne m'en est venu qu'une tristesse honteuse ; j'avais perdu mon meilleur partenaire de danse, il ne reviendrait plus, je ne le reverrais jamais.

Il n'était pas si tard, mais la boîte commençait déjà à se vider. Pour ne pas perdre davantage de temps, je me suis reconcentré sur mes mouvements. Dans moins d'une heure il n'y aurait presque plus personne, ne demeureraient que les plus saouls, les plus drogués, les désespérés et les endormis des banquettes. Il fallait faire vite, racler ce qui restait de nuit.

Drake – *Hotline Bling*

Je me suis réveillé. Midi passé. J'embauchais bientôt. Mon crâne était chaud, mes jambes courbaturées. Les lendemains de Plage étaient de plus en plus difficiles, même sans alcool. Ils s'empilaient les uns sur les autres. J'ai bougé dans le lit et senti mon haleine rance contre l'oreiller. Mon ventre était ballonné, j'ai pété sous la couette, une odeur terrible est montée. Comment aurais-je pu décemment me réveiller ce matin à côté d'un autre corps ? Rien que le mien était en trop. Je me suis levé. J'ai pris un Doliprane 1 000 avec un grand verre d'eau. La vaisselle entassée dans l'évier puait le thon et les œufs brouillés. Des lettres attendaient sur la commode : CAF, EDF, Matmut, que je n'osais ni ouvrir ni jeter. Mon portable affichait un message de ma mère, qui me demandait si j'allais bien. Depuis qu'ils étaient à la retraite, mes parents tentaient de se rapprocher de moi. J'ai répondu tout de suite : *Très bien. Je vous embrasse.* J'avais compris comment procéder pour les voir le moins possible, ne plus être jugé. Il n'y avait qu'à leur témoigner une petite attention de temps en temps. Habitués à ne recevoir aucune nouvelle, les plus ténues les comblaient : un sourire, un message impromptu, une brève conversation un soir de Noël ou d'anniversaire suffisaient à les rassurer, emplir leurs cœurs et m'offrir plusieurs semaines de tranquillité.

Je suis sorti sans faire ma toilette. J'étais de mauvaise humeur à cause de ma soirée ratée. Dehors, le soleil tombait à la verticale sur la ville, sans ombre, sans nuances, comme une boule à facettes mal réglée. L'air était lourd. Les arbres sentaient fort, du pollen volait. Partout dans les rues des gens prenaient leur pause déjeuner. Il y en avait dans les queues des boulangeries, aux terrasses des restaurants, sur les bancs, en groupes ou seuls sur leur portable. Tous avaient déjà une matinée derrière eux. Ils se reposaient joyeusement. Certains me jetaient un regard à mon passage, sale et mal coiffé, pas douché, pas rasé, en vieux jogging taché. Ils me rappelaient mon père, dans l'enfance, qui rentrait de son footing le dimanche matin et nous trouvait mon frère et moi encore au lit, et s'agaçait gentiment, et s'étirait dans le salon avec la franche envie de nous faire savoir qu'il avait couru dix kilomètres, comme si cela nous importait. Pour moi c'étaient ces gens les décalés, les déphasés. Je n'espérais plus rien d'eux de ce côté-là des journées. Je ne les regardais même pas, ne faisais que les croiser. Ils étaient comme les champs par les fenêtres des trains, les poteaux, les voitures, les pavés de cette ville qu'il me fallait traverser jusqu'au travail, comme une biche entre deux fossés.

Sur le boulevard, je suis passé devant le McDo. L'odeur m'a donné envie brusquement. J'avais le temps. Je craquais parfois quand je n'avais plus rien dans mes placards. Burgers, kebabs, pizzas, ces plaisirs-là restaient fidèles, je n'avais guère plus qu'eux en dehors de La Plage. Tant pis pour les abdos. On ne les voyait que lorsque j'étais nu et, à ce stade, mes relations commençaient déjà à s'affaisser. L'essentiel était de garder une bonne carrure pour plaire sur la piste. Je suis entré.

Puisque les bornes automatiques étaient prises, j'ai dû aller commander en caisse. Levant les yeux sur le vendeur, j'ai cru halluciner : c'était Ange, sans ses lunettes, avec un tablier, une casquette McDo et de gros cernes, surtout sous l'œil droit – peut-être un cocard. J'ai voulu fuir mais il était trop tard, Ange attendait ma commande. Il avait l'air étrangement impassible, comme s'il ne me reconnaissait pas, mais je ne pouvais pas le croire. La présence de son supérieur hiérarchique, juste derrière lui, devait le brider. J'aurais pu ruser, le saluer chaleureusement et lui demander où il était passé la veille, mais, dans la panique, j'ai choisi de faire comme si moi-même je ne le reconnaissais pas.

— Un menu Maxi Best Of, CBO, potatoes, Coca zéro, ai-je demandé d'une voix enrouée.

— Sur place ou à emporter ?

Emporter aurait pu sonner coupable.

— Sur place, ai-je répondu fermement.

J'ai payé.

— Vous pouvez vous asseoir, on va vous apporter ça.

Je me suis installé au milieu de la salle, bien en évidence, l'air dispos et innocent. Si j'avais su siffloter, je l'aurais fait. La sueur me coulait abondamment dans le dos.

Au bout de trois minutes, Ange est venu lui-même avec mon plateau.

— Bon appétit.

Il est reparti sans un regard. S'il avait voulu me glisser un mot, une menace ou pire encore, il venait d'en manquer l'occasion. Un instant j'ai pensé qu'il ne m'avait peut-être vraiment pas reconnu, trop saoul la veille. J'ai commencé à manger. Mais, en ouvrant la boîte de mon burger, il m'a semblé que celui-ci était couvert d'un petit crachat en son milieu. J'ai frissonné. Sans bouger la tête, j'ai jeté un bref coup d'œil vers les caisses : Ange me fixait. J'ai baissé les yeux. Je ne savais pas quoi faire. Ce crachat pesait une tonne et à lui seul m'affolait le cœur. Tout de même, j'ai avalé mes frites, bu le Coca et croqué un peu autour du burger, laissant le centre dans la boîte tel un trognon.

Je n'osais plus regarder vers Ange, ni partir à Bodymax, de peur qu'il me suive. Alors je suis resté là. Une traînée acide persistait dans ma gorge, je me sentais lourd et près de vomir, à cause de l'huile ou de l'humiliation. La salle exhalait une odeur écœurante de plastique sucré. À travers la vitre, la chaleur du dehors tapait sur mon dos, et la sueur me picotait. Des voix criaient des numéros de commandes. Assis aux tables de toutes les couleurs, des gens mangeaient, familles, groupes d'amis en gueule de bois, solitaires comme moi, tous pressés, les doigts pleins de sel, aussi lointains que des morts. Une tristesse épaisse et vaine m'a engourdi. J'avais envie de disparaître, de m'endormir, ou bien de me téléporter, comme dans les rêves d'enfant, *là-bas*. Des minutes ont passé. Je devais être en retard au travail. Tant pis. Je ne voulais plus y aller, ni nulle part ailleurs tant qu'il y avait du jour. Je me débrouillerais pour démissionner. Depuis longtemps déjà j'aurais dû le faire, ne plus me lever le matin, ne plus affronter tout ça, dormir entre les nuits, virer le soleil, le retourner comme un gant.

Alicia

2018

Un jour Alicia m'a annoncé qu'elle quittait la boîte. Elle avait trente-cinq ans et voulait se consacrer à un *vrai projet.* Depuis sept ans déjà elle travaillait ici à temps plein, un record ; ses binômes, eux, ne restaient jamais plus de deux ans, c'étaient souvent des étudiants, des saisonniers. Alicia, insomniaque, s'était longtemps satisfaite du rythme nocturne mais maintenant c'était fini ; elle s'en allait à Angers monter un bar-tapas avec son compagnon cuistot.

Pour son dernier soir, elle est venue avec lui, Carlos, un homme discret qui ne sortait pas souvent, puis elle a réuni les plus gros habitués de La Plage pour boire des verres au comptoir. Je m'y suis joint, le cœur lourd, en léger retrait sur mon tabouret haut. Contrairement aux autres, je n'arrivais pas à fêter son départ, à transformer ma tristesse en nostalgie joyeuse. Alicia faisait partie du paysage. Je ne pouvais pas imaginer la boîte sans elle, elle était immuable, autant que les meubles, le palmier, le béton des murs. C'était un tremblement de terre, et tous riaient sans en prendre la mesure, comme des pique-assiette au pot de départ d'un collègue insignifiant. Ils étaient une dizaine, des hommes au seuil de la quarantaine que je connaissais mal et qui ne semblaient guère plus se connaître entre eux ; de vieux solitaires qui venaient zoner quelques soirs par semaine – souvent le lundi et le mardi quand tous les bars de la ville fermaient à minuit –, accoudés au comptoir, tapant du pied, dansant vaguement en marge de la piste. Ils me déprimaient. Ils n'étaient pourtant pas les seuls vieux à entrer ici, mais les autres semblaient toujours le faire pour des raisons occasionnelles : ce pouvait être des groupes de collègues en after work, des couples âgés venus se remémorer leur adolescence le temps d'une soirée disco, des enterrements de vie de garçon, de vie de jeune fille, des hommes en costard dans les carrés VIP. Les habitués du bar, eux, avaient quelque chose de plus plombant. Je ne voulais pas leur ressembler – après tout j'allais sur mes trente-neuf ans, plus ou moins le même âge qu'eux. Alors souvent je les évitais. Quand je dansais, fondu dans la foule, je paraissais encore jeune. Ce devait être l'avantage d'avoir eu une puberté tardive : j'avais grandi et mué après tout le monde, peiné à devenir ce que l'on appelait un homme ; longtemps j'étais resté un enfant, puis un jeune homme, à cause de mes traits fins, de ma peau imberbe et de mon air timide, et désormais je m'en portais bien, mon retard des premières années s'était transformé en avance, en crédit. Et puis je m'entretenais. Depuis que j'étais au chômage, je disposais de mes journées entières pour me reposer de mes soirées. Je continuais le sport sans Bodymax, sur mon tapis. Mon hygiène de vie était impeccable, celle d'un sportif, en somme, mais inversée, tournée tout entière vers la nuit.

J'ai passé une bonne heure à guetter le bon moment pour parler avec Alicia, lui dire qu'elle me manquerait beaucoup, mais elle était trop occupée avec les autres qui insistaient pour lui payer des verres. Je l'observais et la trouvais géniale, avec son débardeur jaune, son sourire incrédule, son aisance à gérer trois conversations à la fois et sa façon de reposer les shots après les avoir bus. Je ne la connaissais pas en dehors d'ici, je n'avais aucune idée de ce qu'étaient sa vie, ses passions, ses secrets, ni même ses plus banales habitudes. À un moment, me tirant de ma songerie, Fabrice, que je connaissais un peu – employé chez Sodebo, marié, père d'une petite fille – est venu me voir, les yeux vitreux.

— Eh, Arthur, tire sur mon doigt !

J'ai cru d'abord qu'il me proposait un jeu vulgaire, puis j'ai vu qu'il me tendait l'annulaire et son alliance.

— J'essaie de l'enlever depuis tout à l'heure mais c'est trop serré, toi tu peux peut-être y arriver, t'as de la force dans les bras !

Je me suis exécuté, j'ai tiré, il a résisté de tout son corps et l'alliance est partie dans un petit bruit de bouchon.

— Hop là ! Voilà, je demande le divorce demain, c'est décidé !

— Arrête, Fabrice, a dit Alicia, ça fait six mois que tu répètes ça, tu décides rien du tout, tu l'aimes, ta femme !

— Ça n'a rien à voir avec l'amour ! Laisse tomber, je suis sûr qu'Arthur me comprendra, lui !

Il s'est tourné vers moi, une fesse posée sur le tabouret voisin. J'ai eu soudain très envie de m'enfuir sur la piste. J'avais perdu assez de temps comme ça. Chaque minute à ne pas danser me semblait retenue contre moi, ajoutée au compteur des jours. Les nuits étaient courtes. Sept heures en moyenne. Je n'aimais pas qu'on me les gâche. Poli, je suis resté pour écouter Fabrice.

— Je te la fais courte… Avec Valérie, ça fait deux ans qu'on n'a pas fait l'amour… Deux ans ! Tu tiendrais le coup, toi ?

J'ai haussé les épaules. Il s'est penché à mon oreille. Il sentait la sueur et la tequila.

— Et attention, je dis pas que c'est sa faute à elle. Pas la mienne non plus. C'est la faute au temps. Putain de temps ! Avant, on faisait encore des petits efforts, on sautait sur les occasions, on se forçait même, au moins une fois par mois, pour l'honneur, et ça suffisait… Mais depuis deux ans, plus rien ! On est dans une sorte de renoncement mutuel. C'est bizarre, je te jure, il y a une sorte de plaisir malsain à ne pas le faire, de petit plaisir vengeur, comme si c'était la seule arme qui nous restait, priver l'autre de sexe, puisqu'on n'en a pas envie nous-mêmes. Tu vois ce que je veux dire ? Alors ça suffit, je divorce demain ! Demain matin ! Il faut bien que l'un de nous deux le fasse. On est encore jeunes, on ne peut pas se laisser mourir comme ça ! Regarde la piste, tous ces gens, j'ai envie de les embrasser ! Allez, ce soir je danse !

C'est Alicia qui m'a sorti du bourbier. Elle a crié :

— Moi aussi je veux danser !

Saoule, elle a laissé son binôme s'occuper seul du bar, qu'elle a contourné pour nous rejoindre en bord de piste. Je ne l'avais jamais vue de ce côté-là. Elle s'est plantée devant moi.

— Et je vais commencer avec John Travolta himself ! J'en ai toujours rêvé !

Elle m'a tendu la main prestement, comme si elle m'invitait au bal. Je l'ai acceptée, sous les sifflets des autres.

— T'inquiète pas, Carlos, a crié l'un d'eux, il va pas te la voler, c'est le mec le plus chaste de la boîte !

Ils ont ri, tandis qu'Alicia m'entraînait vers le centre de la piste.

Ariana Grande – *7 Rings*

Il y avait deux façons de danser ce morceau : ou bien on suivait le rythme rapide et saccadé des paroles, ou bien on se laissait porter par ses grandes lames de fond. Tandis que toute la boîte choisissait la première option, collés l'un à l'autre nous avons ralenti notre cadence, isolés dans une bulle de lenteur, presque un slow. Alicia avait l'alcool lyrique, cela se voyait dans ses yeux, elle voulait me dire des choses intenses. Elle a approché son visage pour ne pas avoir à crier.

— Tu sais, Arthur… c'est toi qui vas le plus me manquer. T'étais mon préféré.

La gratitude m'a fait sourire et piqué les yeux comme si j'avais croqué dans un citron. J'ai eu envie moi aussi de dire des choses très gentilles, de lui faire plaisir avec des mots, qu'elle les emporte en souvenirs.

— Toi aussi tu vas me manquer. Tu es ma meilleure amie.

Un instant elle a paru surprise, puis elle m'a embrassé sur la joue.

— Tu te rends compte du nombre de soirées qu'on a passées ensemble ?

J'ai essayé de les compter. Il devait y en avoir plus d'un millier.

— Qu'est-ce que tu vas devenir sans moi ? Qui est-ce qui va te servir tes verres d'eau ? Personne ne les sert aussi bien que moi.

— Personne… je boirai aux toilettes, je te promets.

Elle a ri. Il y a eu un silence, elle paraissait hésiter.

— Plus sérieusement… qu'est-ce que tu vas devenir ? Je veux dire, tu vas continuer à venir ici longtemps, tu penses ?

— Je ne sais pas… oui… pourquoi ?

— Je ne t'ai jamais parlé de ça parce que tu étais un client, mais maintenant je peux, alors : parfois, je trouve que tu mérites mieux. Je veux dire, pas *mieux,* mais… *davantage.*

Elle a cherché ses mots, souriant d'ivresse et d'embarras, me serrant délicatement dans ses bras, comme pour compenser la peine qu'elle s'apprêtait à me faire.

— Je ne sais pas ce que tu fais en dehors de la boîte pendant la journée, on n'en parle jamais, mais je ne suis pas naïve, je sais que les profils comme toi, ils sont particuliers… T'es plus radical que les autres… J'ai l'impression que tu sacrifies un peu tout… Et moi je trouve que tu es quelqu'un de si gentil, de si doux, parfois ça me fait de la peine que tu mettes toute ta vie ici. Tu pourrais avoir beaucoup d'autres choses… Retrouver un métier qui te plaise… Tomber amoureux… Fonder une famille… Ou alors faire un voyage, un grand voyage, un tour du monde… Je serais tellement heureuse pour toi.

Elle s'est tue, les yeux brillants. Elle attendait que je réagisse. Je ne savais pas quoi dire. Je ne savais plus réfléchir à ces choses-là, elles étaient trop grandes, elles me soulevaient le cœur.

— Je suis bien ici, ai-je dit simplement.

Elle m'a regardé avec une tendresse désolée.

— Tu ne pourras pas rester toute ta vie ici… Le temps passe… Il faut avoir d'autres projets… Et puis il faut gagner de l'argent… Le chômage, ça ne te suffira pas longtemps… Tu sais, par exemple, je pensais à la danse… Tu es un grand danseur, tu pourrais en faire quelque chose… Je ne sais pas, passer des auditions, rentrer dans une compagnie, être prof, essayer d'en vivre…

Je me sentais mal. Elle ne comprenait pas. Ma vie ne tenait qu'à la boîte. Le reste était brumeux, hostile. J'avais peur de tout, de la rue, du travail, de la paperasse, des questions, des visages inconnus en plein jour. J'étais bloqué. C'était difficile à expliquer. Peut-être aussi difficile, pensais-je, que lorsqu'on n'arrive pas à danser. Ce devait être le même problème, en renversé. J'avais renoncé au combat. Je savais que ce n'était pas bien. Mais je n'y pouvais plus rien. Désormais mon corps était pris de vertige, je voulais que cette conversation s'arrête.

— S'il te plaît, on peut se contenter de danser ? Je veux juste profiter de ton dernier soir. C'est tout ce qui compte aujourd'hui.

Résignée, elle a hoché la tête, fermé les yeux. Je me suis serré davantage contre elle, doucement, j'ai posé ma tête dans le creux de son épaule et continué comme ça jusqu'à la fin du morceau.

Le DJ a enchaîné brutalement avec *Money* de Cardi B, du rap plus agressif. Carlos, Fabrice et les autres nous ont rejoints en sautant. Nous nous sommes détachés, nos regards se sont croisés un dernier instant puis, dans les rires et l'agitation, tout a disparu, il n'y a plus eu que la danse, et la tristesse supportable de voir une amie s'en aller.

Léo

2019

Il y a eu enfin ce soir de décembre 2019.

Je me suis réveillé en fin d'après-midi. C'était le pire moment de la journée, quand je n'étais plus assez fatigué pour dormir et qu'encore plusieurs heures me séparaient de la prochaine soirée. Je les ai passées comme un dimanche, comme un malade, zonant de la cuisine au lit, me masturbant sans envie pour grappiller encore des bouts de sommeil. Je haïssais mon appartement, son vide, son silence et le bruit du frigo, l'odeur persistante de je ne savais quoi, la mienne peut-être. À un moment, j'ai ouvert ma fenêtre pour regarder dehors. Il y avait du monde dans les rues. Noël approchait. Je voyais au loin la grande allée de décorations sur le boulevard. Je me souvenais de l'odeur des churros et du vin chaud. Un peu de tristesse m'a pris, alors j'ai fermé la fenêtre. Je n'avais pas à me plaindre. J'avais trouvé mon équilibre, le seul qui vaille : être seul par intermittence, être heureux à coups de nuit. « On ne peut pas tout avoir », m'avaient souvent dit mes parents.

Au fil des heures, comme la lumière baissait, une joie tranquille est montée en moi, j'ai senti se rapprocher les basses, la foule, les corps collés au mien. Je me suis douché. Je n'ai pas fait mon lit ni rangé mon appartement. J'ai mis le dernier caleçon propre de mon tiroir, le plus laid, à carreaux beiges, détendu, vieux de l'époque où ma mère m'achetait encore mes vêtements. De toute façon, personne ne le verrait. J'ai mangé des Cracottes et une banane, pas le temps de cuisiner. J'ai fermé les volets pour qu'il n'y ait pas de soleil à mon retour, puis je suis sorti.

Je me suis pointé sur le parking à vingt-deux heures pile, pour l'ouverture, tout frais, tout beau. Personne n'aurait pu deviner de quel genre de journée je revenais. Dans la file, étonnamment, il n'y avait que des gens très jeunes, voire des adolescents. Le style de leurs vêtements, le nuage de leurs voix et de leurs rires dégageaient une uniformité troublante. J'ai ressenti la même gêne qu'à la première fois avec Vincent et la bande du lycée, entouré de gens plus âgés ; c'était la même impression de faire tache mais cette fois j'étais le vieux et tout le monde me regardait.

Sans y prêter attention, je me suis avancé vers le videur, grattant la file. J'aimais faire ça, ne pas attendre, ne pas être fouillé. Je me sentais privilégié. Chaque soir je voyais des clients qui n'entraient pas, hommes trop saouls, trop seuls, hommes en meute sans femmes, provocateurs, récidivistes, et parfois le SDF du pont qui tentait sans y croire, tous ensemble recalés, renvoyés en sens inverse, dans le vide, pendant qu'on me tenait la porte. Ma fierté de VIP restait toutefois teintée d'embarras ; il me semblait toujours qu'une main surgirait de la file pour me tirer par le col et me remettre à ma place, comme si je n'étais pas entièrement crédible, qu'un peu de fébrilité persistait sur mon visage.

— Salut, Mickaël, la forme ?

— La forme, et toi ?

— La forme.

Discussions brèves, à l'essentiel. Les faux clubbeurs se reconnaissaient à leur manie de blablater. Le dehors n'avait pas sa place à l'intérieur. Pas de travail, pas de problèmes, pas de météo. Il n'y avait pas de météo à La Plage. C'était une boîte étanche, un microclimat. Je m'apprêtais à entrer, mais Mickaël m'a arrêté.

— Par contre, Arthur, c'est soirée Tonus, ce soir…

— Tonus ?

— Soirée pour les étudiants. C'est une idée du patron. T'as pas vu sur la page Facebook ?

Je n'y allais plus, il ne se passait rien sur mon compte, à part quelques personnes dont je ne me souvenais pas qui continuaient à me souhaiter chaque année mon anniversaire et l'auraient fait tout aussi bien si j'étais mort.

— Reviens plutôt demain.

— Je ne peux pas entrer ?

— En théorie non, si t'es pas étudiant.

Il a continué à contrôler les gens. Je me suis mis sur le côté. Je ne concevais pas de faire demi-tour. C'était absurde. On n'était pas dimanche. Je devais danser. J'ai cherché des arguments. Je n'avais pas l'habitude d'insister, encore moins d'entrer en conflit, mais je m'y sentais prêt s'il le fallait.

— C'est juste pour danser… je ne dérangerai personne.

— Je sais bien, je sais bien… Et tu ne peux pas attendre demain, vraiment ?

— Ça m'embête un peu… je n'ai pas trop l'habitude de rater un soir.

Il a soupiré. Pour la première fois j'ai vu passer dans ses yeux, souvent neutres, une once de compassion qui m'a peiné.

— Bon, c'est bien parce que c'est toi. Mais tu vas te sentir à l'écart, je te préviens… Tu ferais mieux d'attendre demain.

Ma peine a disparu.

— Ça ira, ne t'en fais pas pour moi. Merci.

— J'ai jamais vu de mec aussi motivé que toi. Tu devrais être dans le *Guinness des records*.

Je suis passé. J'ai laissé mon manteau au vestiaire. On ne me donnait plus de jeton en échange, j'avais mon cintre attribué. Cheminant dans le sas, j'ai humé cette odeur familière et pourtant chaque fois aussi intense que si je la découvrais, odeur de parking souterrain, d'imminence, odeur d'un monde caché qui grondait là derrière la porte noire.

La piste était vide à cette heure, les gens arrivaient, personne n'osait, le mouvement prenait souvent aux alentours de minuit, selon l'inspiration du DJ. En temps normal je me serais lancé tout de suite pour créer un appel d'air, mais j'ai préféré rester discret, au vu des circonstances. J'ai pris la diagonale jusqu'au bar. Je ne l'avais pas fait depuis le départ d'Alicia. Son remplaçant, un jeune homme légèrement hautain, rechignait à me servir des verres d'eau sans que je consomme, alors j'aimais mieux boire aux toilettes. Toilettes-piste – c'était mon seul axe de déplacement. Tout le reste, mezzanine, terrasse, fumoir, carrés VIP, me paraissait globalement inutile et différait peu des lieux extérieurs à La Plage, pleins de lenteur et de rencontres impossibles.

Vers vingt-trois heures, les premières personnes se sont lancées. C'était beau à voir, cette timidité qui bientôt déjà serait oubliée, noyée dans la masse. Je n'ai pas résisté longtemps ; glissant comme sur un tapis roulant, je me suis engagé sur la piste.

Aya Nakamura – *Pookie*

Blah blah blah d'la pookie... Ferme la porte, t'as la pookie dans l'side... J'adorais cette chanson. Je la dansais en mimant les paroles d'un air faussement indigné, le haut du corps fluide et le bas plus saccadé, pour bien épouser les hachures de rythme. C'était toujours un succès. Je me souvenais qu'Alicia critiquait beaucoup la musique de ces dernières années, la trouvait trop rappée, plus assez mélodieuse. Elle m'avait souvent dit que c'était mieux avant. Je n'étais pas d'accord avec ça. Je ne sentais aucune rupture dans l'évolution des styles ; tout comme les parents, sans doute, ne réalisent pas bien que leurs enfants grandissent quand ils les voient tous les jours, la musique pour moi se transformait à une cadence imperceptible. Je n'étais jamais brusqué. Je n'entendais pas le temps passer.

Peu à peu ça s'est rempli, la foule est née. Elle dégageait ce soir une énergie commune, digne des plus grands samedis. Effet Tonus. Tout le monde ici avait la fraîche vingtaine. Je devais me synchroniser à eux pour m'intégrer. Confiant, j'ai commencé à tendre des mains, à proposer des contacts. Mais ça n'a pas pris. Plusieurs essais m'ont procuré le même sentiment : on m'évitait, sans offense, machinalement, comme on évite un poteau dans la rue. On devait me trouver trop vieux pour danser avec moi. Je le comprenais, je n'étais pas loin d'avoir l'âge du père de certains, et l'âge ici, malheureusement, faisait partie des obstacles qui compartimentaient les gens. Sans paniquer, j'ai changé de stratégie ; puisque les duos se refusaient, j'allais créer un mouvement général, fédérer un groupe entier. Pour cela je me suis mis à danser plus fort, à me déployer, tourbillons de bras, jetés, 360 sautés, une vraie tornade pour tous les emmener… Mais c'est allé de mal en pis. Mieux je dansais, plus les distances se creusaient. Je me sentais comme harnaché d'une grosse bouée gonflable. Mon rythme n'entraînait rien, au contraire, certains ralentissaient, s'arrêtaient, j'en ai même vu deux qui me filmaient avec leurs portables, et ils riaient. J'ai commencé à transpirer, de la mauvaise sueur, chaude et piquante. Pour rester digne, je n'ai rien trouvé d'autre à faire que de continuer à danser, à me débattre, toujours plus vite… J'ai trébuché – plante du pied droit prise dans la cheville gauche en voulant pivoter vers la droite sur la jambe gauche, erreur de débutant ; je suis tombé sur une main et mon poignet a craqué ; directement, je me suis relevé, et pour ne pas affronter les regards j'ai quitté la piste, les yeux baissés, les joues en feu. À travers les corps j'ai aperçu les banquettes du fond, reculées dans l'ombre. Je m'y suis dirigé piteusement.

Je ne m'étais pas assis là depuis très longtemps. Le cuir était froid, l'assise basse. Les rayons des lumières s'arrêtaient à mes pieds. J'étais sur la touche. La foule s'était resserrée sur mon absence, elle continuait à danser sans moi. Mon poignet me faisait mal. Je n'osais pas y retourner. On m'aurait encore rejeté. J'avais soudain peur des autres, c'était terrible, aussi peur que dans une grande rue en plein jour. La boîte en était défigurée, je ne la reconnaissais plus. La solitude entrait dedans en courant d'air, comme si une porte était restée ouverte. Un instant, j'ai même songé à partir.

C'est alors, me tournant vers la sortie, que j'ai constaté la présence d'un voisin de banquette, assis à deux ou trois mètres de moi, à l'écart lui aussi. Il m'a intrigué. C'était un adolescent avec une casquette New York, penché sur son portable. Il avait l'air très jeune, peut-être dix-sept ans. Il était maigre, le visage parsemé d'acné, un duvet noir sous le nez. Ses omoplates saillaient à travers son T-shirt comme celles des enfants. Ses jambes serrées dans son jean ressemblaient à deux tiges plantées dans de grosses baskets Nike, neuves et disproportionnées. Dans un flash de lumière, j'ai vu qu'il avait les larmes aux yeux. Je me suis figé. Je n'avais jamais vu quelqu'un pleurer ici. Sur la piste, on continuait à danser sans l'aider. J'ai eu soudain envie de faire quelque chose pour lui, je ne savais quoi. Lui adresser un signe, lui demander « ça va ? », poser une main sur son épaule, toutes ces idées me sont venues mais je n'en ai osé aucune. Et puis j'ai pensé au paquet de mouchoirs dans ma poche. Je pouvais le lui donner pour qu'il essuie ses larmes.

Glissant sur la banquette, je me suis approché lentement. Il a senti ma présence, m'a jeté un œil méfiant, puis, reniflant, a rebaissé la tête sur son portable. Je lui ai tendu le paquet.

— Tiens, si tu veux !

Il m'a regardé encore avec méfiance, mais a tout de même accepté mon geste et s'est mouché un grand coup.

— Merci.

Il avait murmuré. Sa voix n'avait pas fini de muer. J'ai dit « de rien », puis il y a eu un long silence au cours duquel j'étais probablement censé m'en aller mais je n'ai pas bougé, j'avais envie de prolonger ce contact. D'un œil, il continuait à fixer son portable, balayant l'écran sans but, rien que pour faire quelque chose. Il s'y accrochait. Il me faisait penser à ces adolescents que je voyais parfois en bande dans la rue, un écouteur dans une oreille, l'autre écoutant la conversation, en demi-retrait, comme les boxeurs présentant leur profil pour offrir moins de surface à cogner. Ses larmes avaient cessé de couler mais ses yeux étaient rouges.

J'ai cherché quelque chose à dire. Je ne savais plus trop comment discuter avec un inconnu.

— Ça va ?

— Ça va.

— Si jamais il y a un problème, je peux essayer de t'aider, je connais bien cet endroit.

— Merci, mais ça va.

À cet instant trois garçons, de son âge mais plus imposants, se sont plantés devant nous. Ils n'ont pas compris tout de suite que j'étais avec lui.

— Léo, on te cherche partout ! Viens, on t'en a trouvé une ! Avec des gros seins, en plus !

Il a ri nerveusement.

— Allez, viens !

— Je vais venir, je vais venir !

— Non, viens maintenant, ça suffit ! Les gars, prenez-le, sinon il va passer sa soirée là !

Riant, ils ont commencé à le tirer par le bras. Il a résisté en riant aussi, le visage crispé, les mains cramponnées à la banquette, et les petits sons qui sortaient de sa gorge ressemblaient de plus en plus à des cris de protestation. Sans réfléchir, je me suis levé.

— Laissez-le.

Les trois se sont arrêtés. Ma voix avait tremblé mais ils n'ont pas dû s'en apercevoir, car la peur est passée sur leurs visages.

— C'est qui ? Léo, t'es avec lui ?

Il a recommencé à rire nerveusement. Troublés, ils nous ont fixés tous les deux, puis se sont reculés.

— On vous laisse, alors...

Ils sont repartis dans la foule. « C'est qui ce vieux mec ? » ai-je entendu souffler.

— J'arrive, hein ! leur a crié Léo, sa voix vrillant dans l'aigu, le corps tendu vers eux comme s'il essayait de raccrocher un wagon.

Je me suis rassis. Il y a eu un silence. Léo n'osait plus se tourner vers moi. J'avais de la peine pour nous deux, également répartie.

— C'est tes amis ? ai-je demandé.

— Oui.

— Et tu ne veux pas aller avec eux, c'est ça ?

Il a haussé les épaules.

— Si.

Il regardait la piste. Sur son visage immobile, les lumières avaient l'air de reflets. Les mains toujours enfoncées dans le cuir, le buste penché, il hésitait.

Plusieurs souvenirs me sont remontés confusément, je me suis revu enfant en haut du plongeoir de la piscine municipale, dans l'odeur du chlore et l'écho sourd de l'eau ; en haut des rochers pendant les vacances en Espagne, avec mes sandales méduse et mon frère en bas dans la rivière qui me criait de sauter ; ici enfin, vingt ans plus tôt, quand je ne savais pas danser, au bord des autres, tout seul sur cette même banquette. Soudain, Léo s'est remis à pleurer. C'étaient cette fois des larmes plus fortes, des spasmes échappés comme des hoquets. « Putain… putain… », répétait-il, honteux de craquer, la mâchoire serrée. Je n'ai pas su quoi faire. J'aurais voulu le prendre dans mes bras mais quelque chose me retenait, notre différence d'âge était trop grande, on ne se connaissait pas, cela ne se faisait pas. Et c'est, je crois, à cause de cette distance incompressible entre cet adolescent et moi que je me suis mis à pleurer aussi, doucement. Les larmes sont venues par surprise, comme si une digue cédait. Il me semble bien que ce n'était pas sorti depuis l'enfance. Je n'ai pas cherché à l'empêcher. Je me suis laissé aller sans trop comprendre, immobile à côté de lui, et nous sommes restés ainsi longtemps.

Enfin, Léo a reniflé, changé de position, et m'a regardé. Son visage était bouffi, sa lèvre mouillée, de la morve coulait sur son duvet mais rien de tout cela ne me dégoûtait, comme j'imagine que cela se passe avec les gens très proches de soi.

— Désolé, a-t-il dit.

Il n'a pas remarqué que je pleurais aussi, peut-être à cause des lumières. Il s'est gratté la tête, a jeté un œil à l'heure sur son portable. J'avais peur qu'il s'en aille. Pour le retenir, j'ai eu une idée.

— Si tu veux, je peux t'apprendre à danser. Je m'y connais un peu. Ça pourrait t'aider à te sentir bien ici.

Il a paru surpris. Un instant, une envie timide s'est esquissée sur son visage et j'ai cru qu'il dirait oui, mais il a secoué la tête.

— Je vais rentrer. Ça vaut mieux. Mais merci.

Il s'est levé. Je n'ai pas insisté. Il a hésité sur la façon de me dire au revoir, a opté pour un sourire et un signe de la main, auxquels j'ai répondu de la même façon. Une chaleur agréable m'est passée près du cœur. Il est parti en longeant le mur. J'ai suivi sa casquette qui s'éloignait dans la foule. Elle a disparu.

J'étais fatigué. Mon crâne était chaud et lourd. Sur la piste, les gens étaient flous à travers mes larmes, et loin. J'ai pensé que j'avais tout fait pour me rapprocher d'eux, de ces gens-là, de tous les autres, que je m'étais beaucoup battu, que je ne devais pas me blâmer d'avoir échoué. J'ai fermé les yeux pour ne plus rien voir, et ce doit être à peu près là que je me suis endormi.

ARTHUR

Ce matin

Les verres ne tintent plus, le barman a fini sa vaisselle. D'un instant à l'autre il traversera la piste et m'apercevra ; il me demandera de sortir, j'obéirai ; sans doute, je rentrerai chez moi, et après, je ne sais pas. Il me semble que les murs de l'appartement se resserreront sur mon lit et m'écraseront de solitude.

À l'autre bout de la boîte, la porte s'ouvre, un homme entre. C'est le patron, je reconnais sa silhouette, il passe parfois ici, toujours de loin, mezzanine, carrés VIP. J'ai peur qu'il s'énerve, me rabroue pour être resté là, alors je feins de dormir encore. Je l'entends discuter un peu avec le barman, puis :

— Mais qu'est-ce qu'il fait sur la banquette, lui ?

— Ouh là, pardon, je ne l'avais pas vu.

Ils s'approchent. Je garde les yeux fermés bien fort. Le patron pose sa main sur mon épaule.

— Eh, mon gars… Regarde-moi… ça se voit que tu fais semblant de dormir. Je ne te veux pas de mal, au contraire… Je sais qui tu es… mon meilleur client…

J'hésite. Soudain, il me secoue sèchement l'épaule et j'ouvre les yeux sans le faire exprès.

— Voilà !

C'est la première fois que je le vois de si près : il a la soixantaine, le ventre gonflé, les yeux bleus fatigués, les cheveux très blonds, presque jaunes, une teinture, ils blanchissent à la racine ; ses joues ont un aspect caoutchouteux, ses pommettes tirent ses traits et figent son expression dans un sourire étrange, sans émotion – brusquement, je le reconnais : il s'appelle Guy, c'est lui qui m'a donné une claque la première fois que je suis venu ici.

— Alors, qu'est-ce qui t'arrive, mon gars ?

Sonné, je me redresse sur la banquette.

— Pardon.

— Un peu trop bu hier ?

— Il ne boit pas, dit le barman.

— Alors quoi, chagrin d'amour ?

Je ne trouve rien à répondre. J'ai envie de devenir un meuble et qu'on me laisse là.

— Bon, en tout cas, désolé, il faut que tu sortes, on est fermés. Mais je t'invite à boire un verre, si tu veux, il y a un bar qui ouvre tôt sur les quais, ce sera l'occasion de discuter, j'ai envie de savoir un peu qui tu es, depuis le temps.

Il me tend la main avec le même sourire. Il m'intimide toujours autant. J'obéis sans réfléchir. Mon corps est lourd. Ensemble, nous traversons la piste. Je ne la reconnais plus. Elle a une couleur. Gris-vert. Elle colle. Nos semelles font des bruits de scratch dessus. Épars, il y a des pièces, des clefs, des tickets de bus, des mouchoirs, des lunettes écrasées… Au passage, Guy balaie le comptoir du doigt pour en mesurer la crasse. Il regarde le résultat, fait la moue.

— Je m'attendais à plus de monde.

Il sort et je lui emboîte le pas. En franchissant la première porte, je sens que je regarde les lieux avec plus d'attention, comme quand on s'en va vraiment.

Dans le sas patientent deux femmes avec un chariot de ménage. Je ne les ai jamais vues. Je n'ai jamais songé non plus que cette boîte a besoin d'être nettoyée. C'est évident pourtant, on vient de lui danser dedans. Il faut tout effacer pour que les prochains la trouvent neuve, telle une chambre d'hôtel, ne pensent pas aux nuits d'avant, vivent la leur comme la seule.

Dehors, le ciel est déjà trop clair, le soleil pousse derrière, la ville se réveille. Les matins ont quelque chose de sec et d'impitoyable. Ils absorbent l'épaisseur de la nuit comme une encre. J'ai l'habitude de vite rentrer chez moi avant l'aube pour ne pas croiser trop de monde, quelques travailleurs, le camion des éboueurs, l'odeur du pain chaud. Cette fois, avec Guy, nous marchons lentement, du parking au pont, puis le long du quai.

— Je suis content de te rencontrer. Je t'ai déjà vu danser. Tu mets une sacrée ambiance dans la boîte. D'où est-ce que tu sors, alors ? Ça fait combien de temps que tu viens ici ?

Je repense à ce goûter d'anniversaire. Je n'ose pas en parler, de peur qu'il se trouble, renonce à m'emmener au bar, me laisse seul plus tôt que prévu.

— Depuis… longtemps.

— Ça fait plaisir, les vieux habitués. Il y en a de moins en moins. Et alors, qu'est-ce qui te plaît dans cette boîte-là, qu'est-ce qui fait que tu lui restes fidèle ? Ça m'intéresse, forcément.

— Je ne sais pas… j'aime bien rencontrer des gens.

— Et tu es satisfait de l'ambiance, de la qualité des soirées ?

— Euh… oui, oui.

— Par rapport aux années d'avant, 90, 2000, tu vois du changement ? Tu dirais que c'était mieux ?

— Je ne sais pas…

— Un peu ?

— Peut-être un peu, oui.

Il soupire, comme s'il m'en voulait. J'essaie de me rattraper :

— Mais c'est encore très bien.

— T'embarrasse pas, je suis d'accord avec toi… Bien sûr que c'était mieux avant.

Il réfléchit un instant, puis continue, l'air sombre, l'air de vider son sac :

— Je peux te le dire à toi… C'est devenu assez compliqué pour nous. On perd de l'argent. On a changé d'époque. Avant, tout le monde se rencontrait en boîte, c'était la base, mais maintenant les gens font autrement, ils préfèrent les soirées en appartement, les bars concept, les concerts, et puis les applications de rencontre, les réseaux sociaux… On se vide. Je fais des efforts, tu vois, j'organise cette soirée Tonus, des choses comme ça, mais le problème est trop profond. Il suffit de voir toutes les boîtes qui ferment. Rien que dans le département cette année : le Loft, fermé, le Pili-Pili, fermé, le Millenium, fermé, et l'Ibiza, ça ne va pas tarder. Un jour ce sera notre tour. C'est comme ça. Tout disparaît à un moment. Avant c'étaient les fêtes de village, les dancings… Les boîtes aussi ça finira. Je nous donne encore quelques années, peut-être cinq ans. Voire moins. On n'est jamais à l'abri d'une mauvaise surprise.

Étonnamment, à l'entendre, aucune tristesse ne s'ajoute à la mienne, comme si ma fatigue et celle de La Plage étaient la même, comme s'il était logique que l'un finisse avec l'autre. Je ressens même un certain soulagement.

— À ce moment-là, je prendrai ma retraite. J'irai dans le Sud, sur la Côte d'Azur. J'ai ma fille là-bas. Ce sera bien.

Il me regarde.

— Et toi, où est-ce que tu iras quand ce sera terminé ?

J'essaie de réfléchir. Il rit alors et me tape dans le dos, soudain ragaillardi.

— Allez, on n'en est pas là.

Le bar s'appelle L'Escale. Je suis souvent passé devant sans le remarquer. Sa devanture est discrète, vitrée de haut en bas. D'épais rideaux beiges en masquent l'intérieur. Guy pousse la porte.

C'est un petit bar-tabac mal chauffé. Passé le seuil, le bitume de la rue se change directement en carrelage, sans marche, sans transition. Une lumière blanche tombe du plafond. Il y a un comptoir en zinc, quelques tables, une télé allumée sur le sport, le son de la radio par-dessus, et des photos de groupes sur les murs. Une dizaine d'hommes assez âgés, entre quarante et soixante ans, boivent du café, de la bière ou du vin. Levés de bon matin, ils semblent déjà fatigués, peut-être simplement mal réveillés.

— Bonjour bonjour ! Je vous présente Arthur, mon meilleur client. Recordman de venues à La Plage. Très grand danseur.

Ils me saluent, intéressés. L'un d'eux, assis au fond, se met même à taper dans ses mains.

— Oui oui, vous pouvez l'applaudir.

Et tous m'applaudissent comme si j'étais un champion. Je reste planté sur le seuil, intimidé. Guy m'emmène jusqu'aux tabourets hauts du comptoir.

— Salut, Sylvie.

Il fait la bise à la barmaid. Elle a la soixantaine, les cheveux longs et détachés, le corps moulé dans un haut noir qui laisse voir, au niveau du ventre et des hanches, de petits bourrelets serrés. Son sourire est beau.

— Un kir-cassis, s'il te plaît. Arthur, tu bois quoi ?

Je n'ose pas commander de l'eau puisqu'il m'invite.

— Un gin to', s'il vous plaît.

— Je n'ai plus de gin, désolée.

— Alors... la même chose.

Elle pose nos verres sur des dessous en carton. Il trinque.

— À La Plage.

— À La Plage.

Nous buvons en silence. Je m'attendais à ce que Guy me parle davantage, mais il ne dit plus rien, il s'est éteint, les yeux dans le vide. Plusieurs minutes doivent passer comme ça. Puis il finit son verre, pose l'argent sur le comptoir et dit :

— Arthur, je vais rentrer.

Il se lève de son tabouret ; spontanément, je me lève aussi, mais il m'arrête.

— Reste, je t'en prie, je ne veux pas te presser. J'ai mis assez pour que tu reprennes quelque chose à boire, tiens, c'est pour moi. Et Sylvie sera gentille avec toi, hein Sylvie ?

— On va essayer...

J'hésite. Certes je ne veux pas rentrer chez moi, mais j'ai peur aussi de me retrouver seul dans ce nouvel endroit, avec ces gens que je ne connais pas.

— D'accord, dis-je tout de même pour essayer.

Guy me serre la main.

— J'étais heureux de te rencontrer. Merci de faire vivre ma boîte. Je te dis à bientôt ?

Je souris pour ne pas dire oui. Il part. En ouvrant la porte, il laisse entrer un rai de soleil, qui s'avance jusqu'au comptoir puis se retire dès qu'il la referme, rendant la pièce à sa lumière artificielle.

Tous les hommes me regardent. Ils me sourient. Ils ont l'air contents que je reste avec eux. Je m'en sens un peu mieux, même flatté. Leurs corps sont immobiles, il s'en dégage pourtant une douceur inhabituelle, une extrême disponibilité. Je leur rends leurs sourires et je continue à boire.

— Alors, me dit Sylvie, tu es un grand danseur ?

Je rougis.

— Il paraît…

— Quel genre de danse ?

— Ça dépend des morceaux. J'aime un peu tout.

— Méfie-toi, me dit l'un des hommes, elle aussi elle aime bien danser, des fois elle essaie d'entraîner les gens…

Plusieurs rigolent. Je cherche quelque chose de gentil à dire.

— Ça ne me dérangerait pas.

— Il est chaud, le petit jeune…

— Alors là, dit Sylvie, je te prends au mot.

Elle éteint le son de la télé et se penche sur son portable. J'ai le cœur haussé.

— Qu'est-ce que je vais mettre… Quelque chose de pas trop hard, je suis un peu rouillée… Ah, j'ai une idée marrante.

Elle lance un morceau rock et disco. Je le reconnais : c'est *I Wanna Dance With Somebody*, de Whitney Houston. Mes parents l'écoutaient parfois en faisant la cuisine, je m'en souviens, je tapais timidement dans mes mains, assis sur le canapé, les pieds dans le vide. Sylvie contourne le comptoir et me tend le bras au moment du refrain : *Oh, I wanna dance with somebody… I wanna feel the heat with somebody… Yeah, I wanna dance with somebody… With somebody who loves me…*

J'hésite à prendre sa main. Je n'ai jamais dansé le matin. Il faut essayer. Quand on y pense, il n'y a pas d'heure pour ça. Je me lève. Elle m'entraîne au centre du bar. Son corps est chaud. Il se détend doucement contre le mien. C'est tout. Je suis bien. Je ne suis pas seul. On n'est jamais seul, quand on danse avec quelqu'un.

Cet ouvrage a été mis en page par IGS-CP
à L'Isle-d'Espagnac (16)

CET OUVRAGE
A ÉTÉ ACHEVÉ D'IMPRIMER
SUR ROTO-PAGE
PAR L'IMPRIMERIE FLOCH
À MAYENNE EN MAI 2022

N° d'édition : L.01ELJN000980.N001. N° d'impression : 100456
Dépôt légal : août 2022
Imprimé en France